KB206846

크리스마스 캐럴

A CHRISTMAS CAROL

찰스 디킨스 지음

윤혜준 옮김

현대문학

| 차례 |

머리말

나는 이 으스스한 작은 책에서 으스스한 생각 하나를 일깨우려고 노력했지만, 이 생각으로 인해 독자 여러분이 자기 스스로에 대해 혹은 서로에게, 아니면 이 계절이나 작가인 나한테 나쁜 감정을 갖지 않기를 바란다. 이 생각이 독자 여러분의 집에 즐겁게 출몰하고, 쫓겨나지 않기를 바란다.

1843년 12월
여러분의 진실된 벗이자 종
찰스 디킨스

첫째 마당

말리의 유령

Marley's Ghost

애초에 말리가 죽었다는 것부터 분명히 하자. 거기에 대해서는 의심의 여지가 있을 수 없다. 매장 증명서에 목사, 서기, 장의사, 상주까지 모두 서명을 했으니까. 스크루지도 서명했다. 스크루지의 이름이라면, 어디에건 서명해주기로 맘만 먹으면 거래소에서 안 통할 데가 없으니까. 말리 영감은 문에 박는 대못처럼 뻣뻣하게 죽어 있었다.

잠깐! 문에 박는 대못이 딱히 죽은 모습이랑 무슨 상관이 있는지, 거기에 대해 내가 직접 알아낸 게 있다고는 말하지 않겠다. 개인적으로는 관에 박는 못이 철공업 업계에서 가장 죽음과 유사한 부품이라고 생각한다. 하지만 우리 조상들의 지혜가 비유에 담겨 있는 법이니, 내가 감히 불경스러운 손길로 이 비유에 도전하진 않겠다. 그러다간 나라꼴이 엉망이 될 테니. 따라서 여러분은 내가, 말리는 문에 박는 대못처럼 뻣뻣하게 죽어 있었다, 라고 분명히 말하는 것을 허용해주길 바란다.

스크루지도 말리가 죽은 사람이라는 것을 알고 있었느냐고? 물론. 그가 어떻게 그걸 모를 수 있겠는가? 스크루지랑 고인은 도대체 몇 년인지 셀 수 없을 정도로 무척 오랫동안 동업을 했으니까. 스크루지는 고인의 유일한 유언집행인, 유일한 유산관리인, 유일한 피수탁인, 자연유산 수령인, 유일한 친구, 유일한 문상객이었다. 이러한 관계이긴 하지만 스크루지가 이 슬픈 사건 때문에 크게 손해를 본 것은 없었다. 바로 장례식 당일에도 탁월한 사업 수완을 발휘해서 장례비를 분명히 에누리 가격에 엄숙히 치렀으니까.

아 참, 말리의 장례식 말을 하다 보니 처음에 하려던 이야기가 떠오른다. 그러니까 말리가 죽었다는 건 의심할 여지가 없다. 이 점을 분명히 해두지 않으면 내가 하려는 이 이야기가 그렇게 놀랍지 않을 것이다. 연극이 시작하기 전에 햄릿의 아버지가 이미 죽었다는 것을 우리가 완전히 믿지 않는다면, 그가 동풍이 부는 밤에 자신의 성벽 위로 슬슬 산책하고 있는 것이, 전혀 유별날 게 없을 것이다. 마치 어떤 중년 신사가 소심한 아들을 깜짝 놀라게 하려고 해가 진 어두운 밤의 바람 잘 부는 곳, 그러니까 세인트폴 대성당 뒤뜰 같은 곳에 무모하게 갑자기 나타나는 거나 마찬가지로 말이다.

스크루지는 말리 영감의 이름을 페인트로 지워버린 적이 없다. 그래서 명패는 여러 해가 지났음에도 창고 문 위에 떡 하니 '스크루지와 말리'로 새겨져 있었다. 그 회사 이름은 '스크루지와 말리'로 알려져 있었다. 가끔 그 업계의 신참들은 스크루지를 '스크루지 씨', 어떤 때는 '말리 씨'라고 부르기도 했지만 그는 두 이름에 모두 대답했다. 자기로서는 어떤 이름으로 불리건 마찬가지였으니까.

하지만 어찌나 짠돌이처럼 긁어 모아대는지, 그 스크루지란 인간! 쥐어짜고 비틀어내고 덥석 붙잡고 싹싹 긁고 잡아채서 늘어지는 욕심 많고 죄 많은 늙은이! 부싯돌처럼 딱딱하고 날카로운 이 인간은, 거기에다 무슨 쇠붙이를 치건 너그러운 불빛을 만들어낸 적이 없고, 음흉하고 꽉 막혀 있고, 굴 껍데기처럼 꽉 닫힌 외톨이였다. 자기 속에 있는 냉기 때문에 쭈글쭈글 늙은 모습이 그대로 얼어버렸고 비쭉 솟은 코끝은 얼어서 고드름으로 변했고 두 볼은 푹 꺼졌고 꾸부정한 자세에서 삐걱삐걱 소리가 났고 두 눈은 벌겋게 충혈되어 있고 얇은 입술은 퍼렇게 얼어 있으며 쇠못 긁어대는 것 같은 목소리로 교묘히 냉기를 토해냈다. 그의 머리, 눈썹, 철사 같은 턱에 온통 허옇게 서리가 내려 있었다. 그는 늘 자기 속의 낮은 온도를 주위에 퍼뜨리고 다녔으니, 삼복더위에도 그의 사무실은 꽁꽁 얼음에 뒤덮였고 크리스마스 철에도 단 1도 만큼도 녹는 법이 없었다.

외부의 열기나 냉기는 스크루지에게 별로 영향을 미치질 못했다. 어떤 온기가 그를 녹이거나 어떤 한겨울 날씨도 그를 더 얼려놓을 수 없었다. 그 영감보다 더 모진 바람이 불 수가 없었고 그 영감보다 더 목표 지점에 집중해서 떨어지는 눈이 없었으며, 퍼붓는 비가 그자보다 더 매정하게 쏟아질 수 없었다. 궂은 날씨들은 도대체 그가 어떤 상대인지 가늠할 수가 없었다. 제일 심한 비, 눈, 우박, 진눈깨비라 해도 그 영감보다 우월하다고 뻐길 점은 딱 한 가지, 이들은 한껏 쏟아지며 '퍼주는' 반면에 스크루지는 절대로 그러지 않는다는 것뿐이었다.

이 스크루지란 인간에게는, 그 누구도 길거리에서 반갑게 그를 붙잡고 "어이쿠, 우리 스크루지 선생, 안녕하시죠? 언제 좀 놀러 오시지그래요"라고 하거나, 어떤 걸인도 한 푼 달라며 구걸하는 법이 없었다. 어떤 꼬마도 "지금 몇 시예요?" 하고 그에게 묻는 법이 없었고, 어떤 남자건 여자건 그에게 길을 물어보는 법이 없었다. 심지어 맹인안내견들도 그를 알아보는 모양이었다. 그가 접근하는 것을 보면 주인들을 출입구 쪽 길이나 건물 사이 뜰로 이끌고 가서 마치 "앞 못 보는 주인님, 사악한 눈을 가진 것보다는 앞을 못 보는 편이 더 낫다니까요!"라고 말하듯 꼬리를 흔들어대는 것을 보면.

하지만 그렇다고 스크루지가 무슨 신경을 쓸 리 있나, 그게 오히려 제일 좋았다! 삶의 바글거리는 길들을 헤집고 들어가 밀치고 나가며, 일체의 친근감을 표현하고자 하는 사람들에게는 거리를 유지

하라고 경고하는 것, 그거야말로 스크루지에게는 요즘 유행하는 말로 '짜릿함' 그 자체였다.

그러던 어느 날, 그날은 한 해 중 가장 즐거운 날인 크리스마스이브였지만, 스크루지 영감은 자기 사무실에 앉아 업무로 분주했다. 춥고 썰렁하고 뼛속까지 얼얼하고 안개까지 자욱한 날씨이다 보니, 바깥 쪽 공터에서는 사람들이 숨을 헐떡거리며 오가면서 가슴에 손을 비벼대며 길바닥 포장 돌에다 언 발을 쿵쿵 굴려서 녹이는 소리가 들려왔다. 시내 시계들은 막 3시를 쳤을 뿐이지만 이미 제법 어두웠고(낮 시간 내내 밝은 때가 없었지만), 이웃 사무실 창문에서 촛불이 어른거리는 모습이 뚜렷한 누런색 공기에 불그스레하게 번진 듯했다. 틈새마다, 열쇠구멍마다 안개가 스며 들어왔다. 안개가 어찌나 짙었던지 집 앞의 공터가 정말 좁은데도 맞은편 집들은 무슨 유령들이나 다름없어 보였다. 꾀죄죄한 구름이 질질 흘러내리며 모든 것을 침침하게 만드는 것을 보면, 그 근처 가까운 어딘가에 자연의 신이 살고 있어서 술을 빚으면서 엄청난 양의 거품을 만들어내는 것 같다는 생각이 들 정도였다.

스크루지는 집무실 문을 열어놓았다. 문밖 무슨 물통 같은 음침하고 비좁은 골방에서 서신을 베끼고 있는 사무원을 감시하기 위해서였다. 스크루지는 몹시도 미지근한 불을 쬐고 있었는데, 사무원이 쬐는 불은 훨씬 더 미지근한 것으로, 그저 석탄 한 덩어리 정도 때는 모양이었다. 그러나 불을 더 지필 수가 없었다. 스크루지가 자기 방에 석탄 통을 보관하고 있었고, 사무원이 석탄을 가지러 부삽을 들고 들어오는 순간 사장님은 피차 헤어지는 게 불가피하리라는 예상을 하고 있었던 까닭이다. 그러니 사무원은 하얀 털목도리를 두르고 촛불로 손을 녹이려 시도했지만, 상상력이 그리 풍부한 편이 아니라서 그런 시도는 실패하고 말았다.

"메리 크리스마스, 삼촌! 하느님이 축복하시길 빕니다!"

명랑한 목소리가 들렸다. 목소리의 주인공은 스크루지의 조카였는데, 그가 워낙 재빨리 들어와서 이 말을 듣고서야 삼촌은 조카가 곁에 온 것을 감지했다.

"이런, 얼어죽을! 개소리!"

스크루지가 말했다.

이 친구, 스크루지의 조카는 안개와 서리를 헤치며 워낙 빨리 걸어온 터라 열기로 온통 달아올라 있었다. 혈기가 왕성하고 잘생긴 얼굴에 두 눈이 반짝반짝 빛났고 입에선 입김이 훅훅 거듭 품어져 나왔다.

"크리스마스가 개소리라니요, 삼촌!" 조카가 말했다. "정말 그렇게 생각하시는 건 아니시죠, 설마?"

"정말이고말고." 스크루지가 말했다. "즐거운 크리스마스! 도대체 네가 무슨 자격으로 즐겁다는 거냐? 무슨 즐거울 이유가 있다고 그래? 그만큼 가난하면 됐지."

"에이, 그렇다면." 조카가 쾌활하게 대꾸했다. "삼촌은 무슨 자격으로 침울하세요? 뭐 그렇게 기분이 안 좋으실 이유가 있나요? 그만큼 부유하시면 됐지."

그 순간 스크루지는 당장 받아칠 대답이 생각나지 않아서, 그저 "무슨 얼어죽을!"을 반복하고 "개소리!"가 뒤를 이었다.

"언짢아하지 마세요, 삼촌!"

조카가 말했다.

"어찌 안 그럴 수 있겠냐." 삼촌이 대답했다. "이렇게 바보들이 득실거리는 세상에 살고 있는데? 즐거운 크리스마스! 그놈의 즐거운 크리스마스 좀 집어치워! 너희한테 크리스마스란 게 도대체 뭐냐. 돈도 안 내고 물건 사는 때이며, 한 살 나이나 더 먹는 때이지만, 어디 한 푼이라도 더 재산이 늘어나더냐? 장부 결산할 때이고 1년 열두 달 내내 쓴 항목들이 죄다 눈앞에 딱 드러날 때 아니냐? 내 맘대로만 할 수 있다면." 스크루지가 화가 치밀어 말했다. "메리 크리스마스란 소리를 입에 담는 바보자식들은 잡아서 지가 만드는 크리스마스 요리에 같이 넣어서 삶아죽인 다음 염통에 말뚝을 박아 땅에 묻어버려야 해. 암, 그렇고말고!"

"삼촌!"

조카가 반론을 펼 참이었다.

"조카!" 삼촌은 준엄하게 말을 막았다. "크리스마스를 너는 네 식으로 지내든지 해라. 나는 내 방식대로 지내게 내버려두고."

"지내신다고요!" 스크루지의 조카가 말을 되풀이했다. "하지만 지내시질 않잖아요."

"그럼 안 지내게 내버려둬." 스크루지가 말했다. "너한테도 크리스마스란 게 뭐 그리 유익할 게 있어! 도대체 이제껏 거기서 무슨 이익이 남았다고 그러는 게냐!"

"딱히 이익은 남지 않았지만 저한테 이제껏 상당히 유익했어요." 조카가 대꾸했다. "크리스마스도 그중 하나지요. 하지만 저는 크리스마스 철은, 그 이름을 준 그분에 대한 당연한 존경심과 상관없이도, 그게 상관없을 수야 없겠지만 그렇다고 쳐도, 늘 좋은 절기라고 생각했어요, 분명히. 친절, 용서, 나눔, 즐거움의 절기이고, 1년 긴 시간 중에서 남녀 모두 꽉꽉 닫힌 마음들을 자유롭게 열어놓겠다고 합의하는 때이고, 자기 밑에 있는 사람들도 자기랑 똑같이 무덤을 향해 가고 있는 여행 동반자로 생각하지, 무슨 별개의 여행을 따로 하는 별종들로 생각하지 않는 절기니까요. 그래서 삼촌, 비록 크리스마스 때문에 제 주머니로 금화나 은화 몇 푼 굴러들어온 적은 전혀 없었지만, 저는 그게 확실히 제게 유익했고 앞으로도 꼭 그럴 거라고 믿습니다. 하느님 덕분에!"

물통 같은 방구석에 있던 사무원이 본의 아니게 박수를 쳤다. 그러나 그는 이런 행동이 적절하지 않다는 것을 즉각 깨닫고서는 불쏘시개로 불을 쑤시다가, 그만 마지막 남은 약한 불씨마저 영영 꺼뜨리고 말았다.

"자네, 그쪽에서 무슨 소리 한 번만 더 나봐." 스크루지가 말했다.

"그럼 일자리 날리고 나서 크리스마스를 지내게 될 테니! 그리고 말씀 한번 잘하시던데."

그는 자기 조카 쪽으로 고개를 돌리며 덧붙였다.

"왜, 어서 국회로 진출하지그러셔."

"화내지 마세요, 삼촌. 자, 내일 저희 집에 와서 같이 식사하세요."

스크루지는 가긴 가겠지만 먼저 그 전에 조카가 ……는 것을 보고 나서 가겠다고, 암 그러지, 라고 했다. 그의 표현을 끝까지 다 듣고 나니, 그런 극단적인 상황 전에는 아마 그런 일은 없을 거라는 말이었다.

"도대체 왜 그러세요? 왜 그러시는데요?"

스크루지의 조카가 목소리를 높였다.

"넌 결혼은 왜 했어?"

스크루지가 말했다.

"그거야 사랑에 빠졌기 때문이죠."

"사랑에 빠졌기 때문이라고!"

스크루지는 그것이 즐거운 성탄절보다 이 세상에서 유일하게 더 한심한 일인 양 으르렁거리며 호통을 쳤다.

"그만 가보게!"

"하지만 삼촌, 제가 결혼하기 전에도 한 번도 절 보러 오신 적 없잖아요. 이제 와서 그걸 핑계로 대시는 이유가 뭐예요?"

"그만 가보시게."

스크루지가 말했다.

"저는 삼촌한테 아무것도 안 바라고, 아무 부탁도 안 드려요. 그냥 피차 사이좋게 지내면 안 되나요?"

"그만 가보시게."

스크루지가 말했다.

"이렇게 고집을 피우시니, 참 마음이 안 좋네요, 진심으로요. 저를 상대로 무슨 분쟁하실 일이 단 한 번이라도 있었나요. 하지만 저는 크리스마스를 기념해서 혹시나 하고 말씀드린 거고, 또한 저는 크리스마스 기분을 끝까지 유지할 거예요. 그러니 메리 크리스마스, 삼촌!"

"그만 가보시게."

스크루지가 말했다.

"그리고 새해 복 많이 받으세요!"

"그만 가보시게."

스크루지가 말했다.

그럼에도 불구하고 조카는 언짢은 말은 한 마디도 하지 않은 채 방에서 나갔다. 그는 바깥쪽 문에서 잠시 멈춰서 사무원에게도 크리스마스 인사를 전했다. 그 사람은 비록 추위에 떨고는 있었으나 인사에 정중하게 답례를 한 것을 보면 스크루지보다는 따뜻했다.

스크루지는 그 소리가 귀에 들어오자 볼멘소리를 했다.

"정신 나간 놈 하나 더 있군. 내 사무원 녀석, 겨우 주급 15실링 벌면서 처자식 주렁주렁 달려가지고, 메리 크리스마스 어쩌고저쩌고

하는 꼴이라니. 내가 베들
럼('베들레헴'이 대중적으로 변
한 표현으로, 정신병원 중 가장 유
명했던 곳—옮긴이)으로 가든지 해야지, 원."

이 정신병자는 스크루지의 조카를 내보내면서 다른 두 사람을 들여보냈다. 퉁퉁하고 인상 좋은 신사양반들이 이내 모자를 벗고 스크루지 집무실 안에 서 있었다. 이들은 손에 장부와 서류뭉치를 들고 스크루지에게 고개 숙여 인사를 했다.

"스크루지와 말리 합명회사죠?" 한 신사가 가지고 온 명부를 들여다보며 말했다. "제가 지금 뵙고 있는 분이 스크루지 선생님이신가요, 아니면 말리 선생님이신가요?"

"말리 선생은 벌써 7년 전에 죽은 사람이오." 스크루지가 대답했다. "바로 오늘 밤, 딱 7년 전에 죽었소."

"우리는, 사업을 이어가시는 동업자 선생님께서도 고인과 마찬가지로 후한 심성을 갖고 계시리라고 믿습니다."

신사는 명함을 건네며 말했다.

분명히 동업자도 마찬가지이긴 했다. 두 사람은 서로 한마음으로 죽이 잘 맞았던 사이니. 그런데 '후한 심성'이라는 불길한 말에 스크루지는 인상을 찌푸렸고 고개를 설레설레 저으며 받은 명함을 되돌려줬다.

"스크루지 선생님, 이렇듯 축제 분위기인 이 절기에는." 신사가 펜을 집어 들며 말했다. "우리가 가난하고 곤궁한 이들에게 평소보다 약간의 배려를 해주는 것이 더 바람직한 일입니다. 요사이 매우 고생들이 심하지요. 게다가 기초생활도 보장받지 못하는 이들이 수천 명씩이나 있고 수만 명이 기본적인 편의를 누리지 못하고 삽니다. 선생님."

"감옥들이 다 없어졌소?"

스크루지가 물었다.

"감옥이야 숱하게 많이 있지요."

신사가 펜을 다시 내려놓으며 말했다.

"구빈원 작업장들은 또 어떤지?" 스크루지가 질문했다. "여전히 잘 돌아가고 있겠지요?"

"네, 여전히 돌아갑니다." 신사가 응답했다. "잘 돌아가지 않는다고 저는 말하고 싶습니다만."

"죄수 강제노역과 구빈법이 제대로 잘들 지켜지는군요, 그렇다면."

스크루지가 말했다.

"둘 다 아주 분주히 지켜집니다."

"그래요! 저는 댁이 처음에 하시는 말씀을 듣고선 무슨 일이 생겨서 그것들이 잘 안 돌아가게 됐나 걱정했는데, 별일 없다니 무척 다행입니다."

스크루지가 말했다.

"그런 제도들로는 대부분의 사람들의 기독교도다운 정신이나 육체의 건강을 거의 유지시킬 수 없다는 생각으로 저희 몇몇은, 가난한 이들에게 먹고 마실 것과 난방용 땔감을 좀 사주기 위해 기금을 모으려 노력하고 있습니다. 저희가 이 절기를 선택한 이유는, 다른 어떤 계절보다도 이때 결핍이 무엇이며 풍요가 무엇인지를 가장 뼈저리게 절감하게 마련이기 때문입니다. 선생님께서는 얼마를 기부하신다고 적을까요?"

신사가 대답했다.

"아무것도 적을 생각 마시오!"

스크루지가 대답했다.

"익명으로 기부하시겠다는 말씀이시죠?"

"나를 가만히 내버려두시길 바란다는 말씀이오. 댁들이 내가 바라는 게 뭔지 물으시니, 그게 내 대답이오. 나는 크리스마스에 흥청거리지 않으니 게으름뱅이들이 흥청거릴 돈을 줄 여유가 없소. 나는 이미 거론한 그 제도들을 지탱하는 데 일조하고 있고 그 비용도 만만치 않소. 처지가 안 좋아진 축들은 그리로들 가면 될 일이오."

"거기로 갈 수 없는 사람들도 많고, 차라리 죽으면 죽었지, 구빈원에는 못 가겠다는 사람들도 많습니다."

"차라리 죽겠다면." 스크루지가 말했다. "어서들 그렇게 하라고 하시오. 그래서 잉여인구를 좀 감소시키게. 게다가 죄송하지만, 그건 내 알 바 아니오."

"하지만 아실 법한 문제일 것 같습니다만."

신사가 의견을 피력했다.

"그건 내 업무가 아니오." 스크루지가 되받았다. "내 사업 업무만 파악하는 것으로도 충분히 정신이 없는데 언제 남의 업무까지 참견하겠소. 난 내 사업 때문에 늘 바쁜 몸이오. 자 그럼, 그만들 가보시지요!"

자신들의 논점을 펼치려 해봤자 별 소용이 없으리라는 것이 분명해 보이자 두 신사는 물러갔다. 스크루지는 자신이 훌륭한 사람이란 생각이 성큼 더 커진 기분으로 하던 일을 다시 했고 보통 때는 보기 드문 익살스러운 분위기까지 감돌았다.

한편 안개와 어둠이 어찌나 짙어졌던지 사람들은 번쩍거리는 횃불을 들고 뛰어다니며 마차 앞에 다가가서 앞에서 길을 안내해주겠다며 서비스를 제안했다. 교회의 오래된 종탑에서는 걸걸한 낡은 종이 고딕풍 창문 밖으로 스크루지를 늘 간사하게 훔쳐보았는데 이제는 그의 시야에서 사라졌다. 정각이 될 때와 15분씩 지날 때마다 종을 치면 부르르 떨리는 소리가 마치 종탑 위쪽의 꽁꽁 언 머리에서 이빨이 추위에 덜덜 부딪히는 것 같았다. 집 밖 공터에 연결된 큰 길에서는 몇몇 잡역부들이 가스 파이프를 수리하다가 석탄 통에 불을 크게 지펴놓자, 남루한 사내와 아이들이 타오르는 불길 앞으로 모여들어 두 손을 녹이며 기쁨에 겨워 눈을 깜박거렸다. 소방전은 고독을 즐기게 내버려뒀기에 넘치던 물이 시무룩하게 굳었다가 인간험

오주의적인 얼음으로 바뀌어 있었다. 불 밝힌 가게마다 창가의 등불 열기에 반짝거리는 호랑가시나무 가지와 열매가, 행인들의 창백한 얼굴도 불그스레하게 물들였다. 닭집과 채소 가게는 장사가 무슨 그 럴듯한 농담이라도 되는 양, 값을 깎고 물건을 파는 것처럼 무덤덤 한 원리들은 이곳과 아무 상관이 없다는 듯 장엄한 야외극을 연출하 고 있었다. 시장은 요새처럼 막강한 시장공관에서 자기 밑에 있는 50명의 요리사와 관리인들에게 공관 품격에 맞는 크리스마스 잔치 를 치르라는 명령을 내렸다. 지난 월요일에 음주난동으로 5실링 벌 금형을 받은 작달막한 재봉사도 자기 다락방에서 내일 아침에 먹을 푸딩을 젓고 있었고, 그의 비쩍 마른 아내는 아기를 업고 쇠고기를 사러 갔다.

안개는 점점 더 짙어지고, 뼛속까지 속속들이 파고들어서 꽉 깨 물듯이 더 쌀쌀해진다! 만약 선하신 성 던스턴이 악령의 코끝을 늘 쓰는 무기 대신 이런 냉기로 한번 가격하면 곡소리 한번 시원하게 터져나오게 만들었을 것이다. 개들이 뼈를 갉아먹듯이 허기진 냉기 가 비쩍 마른 어린 코를 갉아먹고 우물거리는 와중에도, 그 코의 소 유자는 허리를 굽혀 스크루지네 열쇠구멍 사이로 크리스마스 캐럴 을 흘려보냈다.

즐거운 신사양반들, 하느님이 축복하시길,

아무 걱정 없이 지내시기를!

하지만 가사의 첫 소절을 떼자마자 스크루지는 자를 어찌나 활기차게 집어 던졌던지, 가객은 공포에 질려 도주했고 열쇠구멍을 안개와 그 분위기에 더욱 어울리는 서리에게 맡겨둔 채 사라졌다.

마침내 사무실을 닫을 시간이 되었다. 기분이 흉악해진 스크루지가 자기 의자에서 하산해서 물통 같은 방에서 눈치를 살피던 사무원에게 말없이 퇴근시간이 되었음을 인정해주자, 그는 즉각 자기 쪽 촛불을 끄고 모자를 집어 썼다.

"내일 하루 종일 빼고 싶겠지, 아마도?"

스크루지가 말했다.

"사장님이 크게 불편하시지 않다면요."

"왜 안 불편하겠나." 스크루지가 말했다. "게다가 불공평하기도 해. 내가 그 대신 일당에서 반 크라운을 깎으면 자네는 아마도 내가 자네한테 심하게 군다고 생각하겠지, 보나마나?"

사무원은 히죽 미소를 지을 따름이다.

"그렇지만 자네는 내가 아무 일도 안 시키고 하루치 일당을 자네한테 다 주는 것은 나한테 너무 심한 처사라고 생각하지 않는단 말이야."

사무원은 고작 1년에 딱 하루만 그렇지 않느냐고 했다.

"매년 12월 25일마다 남의 호주머니 털려는 알량한 핑계야, 그건!" 스크루지가 코트 단추를 턱밑까지 채우며 말했다. "하지만 어쨌든 내일 하루 종일 빼고 싶겠지. 그다음 날 그만큼 더 일찍 나오도록 해."

사무원은 그러겠다고 약속을 했고, 스크루지는 볼멘소리로 부글거리며 걸어나갔다. 사무실은 눈 깜짝할 사이에 닫혔고 사무원은 길쭉한 긴 목도리를 허리 밑까지 늘어뜨려 대롱거리며(그는 코트를 사입고 다닐 처지가 못 되었다) 콘힐 밑으로 난 내리막길로 미끄러지듯 달려, 크리스마스이브를 경축하느라 사내애들 수십 명이 우글거리는 좁은 길 끝까지 갔다. 그러고는 캠든타운에 있는 집으로 있는 힘을 다해 달려갔다. 어서 가서 장님놀이를 할 참이었다.

스크루지는 그가 늘 가는 우울한 주막에 가서 우울한 식사를 했고, 신문이란 신문은 모조리 다 읽은 후 나머지 저녁 시간은 자기 은행통장을 들쳐보는 것으로 시간을 때웠고, 잠을 자러 집으로 갔다. 그는 세상을 떠난 자기 동업자가 소유하고 있던 곳에서 살았다. 그가 사는 아파트는 마주 보는 건물들 벽 사이 뜰 위로 내려앉을 듯 쌓여 있는 건물에 속해 있었는데, 워낙 그곳에 있을 자격이 없어 보였던지라, 아마도 이 집이 제법 어렸을 때 다른 집들과 술래잡기 놀이를 하러 이리로 달려왔다가 그만 다시 나가는 길을 잃어서 거기 남게 됐다는 상상을 안 할 도리가 없을 정도였다. 이제는 이 집도 늙을 만큼 늙었고 적막할 만큼 적막했다. 건물의 나머지 방들을 모두 사무실로 세를 놓았고, 스크루지 말고는 아무도 살지를 않았으니까. 집 앞뜰도 어찌나 어두웠던지, 심지어 그 뜰의 돌 하나하나 모양을 다 외우고 있을 스크루지조차도 부득이 두 손으로 더듬으며 길을 찾아가야만 했다. 안개와 서리가 그 건물의 시꺼멓고 낡은 출입구 위로 축축 처져 있는 모양새는, 마치 날씨의 수호신이 문지방에 걸터앉아서 음울한 사색에 잠겨 있는 것처럼 보였다.

자, 사실대로 말하자면 대문 두드리는 고리쇠는 매우 큼직하다는 점 말고는 딱히 특이할 게 없었다. 또한 사실대로 말하자면 스크루지가 그곳에 거주하던 기간 내내 밤마다 아침마다 그걸 보며 지냈고, 또한 스크루지는 런던시티에 사는 여느 사람과 마찬가지로, 좀 외람된 주장이긴 하지만 시 정부, 시의원, 시 조합원들까지 다 포함해서 그 누구와 마찬가지로 딱히 무슨 상상력이 풍부하다고 할 여지도 없었다. 또한 염두에 둬야 할 것은, 스크루지가 그날 오후 죽은 지 7년째인 동업자에 대해 언급한 것 말고는 단 한 번도 말리 생각을 한 적이 없다는 것이다. 그러니 누가 좀 할 수만 있다면 좀 해명을 해주면 좋겠다. 도대체 어떻게 스크루지가 열쇠를 문구멍에 넣자마자 고리쇠에서, 그사이의 변화과정이 전혀 없었는데도 불구하고, 고리쇠가 아니라 말리의 얼굴을 보게 됐는지.

말리의 얼굴. 뜰에 있는 다른 대상들과는 달리 꽉 막힌 그늘에 가려져 있지도 않은 그 얼굴 주위로 마치 어두운 창고에서 썩고 있는 바닷가재처럼 음침한 빛이 감돌았다. 그것은 화가 나 있거나 사나운 얼굴이 아니라 그저 말리가 예전에 스크루지를 바라보던 표정, 유령 같은 안경을 유령 같은 이마에 걸쳐서 올려놓은 모습이었다. 그의 머리카락은 마치 무슨 숨결이나 뜨거운 바람 때문인 것처럼 기묘하게 흔들리고 있었고, 두 눈은 빤히 뜨고 있었지만 눈동자는 전혀 움

직이지 않았다. 게다가 눈동자 색깔이 거무튀튀한 게 으스스해 보였다. 그런 으스스함은 그 얼굴 표정의 일부라기보다는 본의 아니게 어쩔 수 없이 생겨나는 효과 같았다.

스크루지가 그 모습을 뚫어지게 관찰하자 다시 고리쇠로 변했다.

그가 깜짝 놀라지 않았다거나, 아니면 아기 때부터 이제껏 전혀 겪은 바 없는 끔찍한 느낌을 그의 혈관이 감지하지 않았다고 하면 사실이 아닐 것이다. 그는 놓쳤던 열쇠를 다시 잡아 힘을 줘서 돌려 문을 연 후, 안으로 걸어 들어가 촛대에 불을 켰다.

그가 문을 닫기 전에 잠깐 멈추기는 했다. 순간 멈칫거리며, 먼저 문 뒤쪽을 살펴보기는 했다. 마치 말리의 뒤쪽 꽁지머리가 거실 쪽으로 불쑥 삐져나온 광경에 질려버릴지도 모른다는 예상이라도 한 듯이. 그러나 문 뒤쪽에 고리쇠를 고정시키는 나사와 못 말고는 아무것도 없는 걸 알고는, 그는 "별꼴이야!"라는 말과 함께 꽝 소리를 내며 문을 닫았다.

이 소리는 천둥처럼 집 안에 울려 퍼졌다. 소리는 위층에 있는 방

A Christmas Carol

마다 울렸고, 아래층 포도주 상인의 와인 창고 오크통마다 메아리쳐 울리는 듯했다. 스크루지가 메아리에 질겁할 사람은 아니었다. 그는 문을 잠갔고 홀을 가로질러 계단을 올라갔다. 그것도 천천히, 촛불 심지를 다듬으면서.

우리가 막연하게 말 여섯 필짜리 큰 마차를 타고 달려갈 수 있을 정도로 계단이 넓다거나, 아니면 국회에서 방금 통과시킨 나쁜 법이 하도 느슨해서 그 사이로 그런 큰 마차를 몰 수 있다고 말들을 하지만, 내가 하려는 말은 그러니까 그 계단으로 상여 마차도, 게다가 바퀴 연결축을 벽 쪽으로 향하게 하고 문은 난간 쪽으로 향한 채 가로로 올라갈 정도로, 그것도 아주 수월하게 지나갈 정도의 계단이었다는 것이다. 충분히 그럴 수 있을 정도로, 그러고도 남을 정도로 넓었다. 그래서 스크루지도 어둠 속으로 무슨 기차 같은 상여차가 쌩 지나갔다고 생각했던 모양이다. 길가에 있는 가스 가로등 여섯 개를 모아도 출입구가 별로 잘 밝아지지 않을 정도였으니, 스크루지의 양초 정도로는 상당히 어두웠을 것이라고 가정해도 좋다.

스크루지는 그런 것은 눈곱만큼도 개의치 않고 위층으로 쭉쭉 올라갔다. 어두우면 그만큼 돈이 안 들어가기 때문에 스크루지는 어둠을 좋아했다. 그러나 그가 자기 방의 묵직한 문을 닫기 전에 그는 별일이 없는지 다른 방들을 둘러보았다. 그가 왠지 그래야 할 만큼은 그 고리쇠의 얼굴이 떠올랐던 것이다.

거실, 침실, 창고방, 모두 이상 무. 탁자 밑에도 아무도 없고, 소파 밑도 마찬가지였다. 벽난로에는 자그맣게 불이 지펴져 있고, 숟가락과 손 씻는 주발도 준비돼 있고, 난로 선반에 얹혀 있는 자그마한 냄비에는 묽은 죽이 (스크루지는 감기 기운으로 두통을 앓고 있었기에) 데워져 있었다. 침대 밑에도 옷장 속에도 아무도 없었고, 좀 미심쩍어 보이긴 했지만 벽에 걸린 실내복 속에도 아무도 없었다. 창고방도 평상시 그대로였고, 낡은 난로 울타리, 낡은 신발, 낚시 바구니 두 개, 삼발이 세숫대야 받침, 부지깽이 하나만 있을 뿐이었다.

제법 흡족해하며 그는 문을 닫았고 방문을 잠그고 들어갔는데, 평소와는 달리 이중으로 걸어 잠갔다. 이렇게 돌발 상황에 대비한 후 그는 넥타이를 풀고 실내복과 실내화, 취침 모자를 걸친 후 죽을 떠먹으려고 불가에 앉았다.

불이라고는 하지만 도무지 맥이 없는 불이었기에, 그렇게 지독하게 추운 밤에는 있으나마나였다. 그런 한 줌 잿더미에서 무슨 온기라고 할 만한 것을 조금이라도 느끼려면 불 가까이 바짝 다가앉아 몸을 굽혀야만 했다. 옛날 옛적에 무슨 네덜란드 상인이 만든 오래된 벽난로에는, 성서 이야기가 담긴 이상야릇한 네덜란드 타일이 사방에 붙어 있었다. 카인과 아벨, 바로의 딸들, 시바의 여왕, 깃털처럼 구름을 타고 내려오고 있는 천상의 전령들, 아브라함, 벨사살, 소스그릇 같은 배를 타고 가는 사도들의 모습 등이 타일마다 찍혀 있었으니 그를 사색에 잠기게 할 형상들이 수백 개는 되었을 것인데,

그럼에도 말리의 얼굴, 죽은 지 7년이나 지난 그 얼굴이 옛날 선지자의 지팡이처럼 돌아와 벽난로를 통째로 꿀꺽 삼켜버렸다. 타일마다 그 반지르르한 표면이 백지이고, 그가 흐트러진 생각의 조각들을 모아서 무슨 그림을 만들어낼 역량이라도 지녔다고 치면 각 타일마다 말리 영감의 얼굴을 복제한 모습이 박혔을 정도였다.

"이런 개소리 같은 헛것!"

스크루지는 이렇게 내뱉고 방을 가로질러 걸어갔다.

몇 번 왔다 갔다 하다가 스크루지는 다시 자리에 앉았다. 그가 의자에 앉아서 머리를 뒤로 젖히자 방에 걸린 사용하지 않는 종이 눈에 들어왔다. 이제는 그 목적이 무엇인지 잊어버렸지만, 원래는 건물의 위층 어떤 방과 연락을 취하는 데 사용되었다. 그가 그 종을 바라보고 있는데, 지극히 놀랍고 이상야릇하고 설명할 수 없이 두렵게도, 종이 흔들리기 시작하는 게 아닌가. 처음에는 소리가 거의 안 날 정도로 아주 살살 흔들리더니 이내 매우 큰 소리로 울렸고 집 안의 모든 종들도 마찬가지로 울려댔다.

아마 한 30초나 1분 정도 그랬지만 거의 한 시간이나 그랬던 것 같았다. 종들은 동시에 울리기 시작했듯이 동시에 멈췄다. 거기에 이어서 아래층 저 밑에서부터 철렁거리는 금속성 소리가 들려왔는데, 마치 어떤 사람이 포도주 상인의 와인 창고에서 술통에 감긴 쇠사슬을 질질 끄는 것 같은 소리였다. 스크루지는 그때 흉가에 출몰하는 유령들은 쇠사슬을 끌고 다닌다고 묘사한다는 기억이 났다.

창고 문은 쿵 하며 울리는 소리와 함께 활짝 열렸고, 바로 아래층에서 그 소리가 좀더 크게 들리며 계단 위로 올라오더니 문으로 곧장 다가오는 게 들렸다.

"그래도 헛소리 같은 헛것이야!" 스크루지가 말했다. "난 믿지 않겠어."

하지만 바로 자기 눈앞에서 그것이 지체 없이 그 묵직한 문을 통과해서 방으로 들어오자 그는 안색이 변했다. 그것이 들어올 때 다 죽어가던 화롯불이 번쩍 일어서며 마치 "이게 누군지 난 알아. 말리의 유령이야!"라고 외치는 것 같았는데, 이내 다시 수그러들었다.

바로 그 얼굴, 틀림없는 바로 그 얼굴. 돼지꼬리 모양으로 뒤로 묶은 머리, 늘 입던 조끼, 딱 붙는 바지에 장화, 장화에 달린 장식은 가발 묶는 끈, 외투자락, 머리에 얹은 가발 등과 마찬가지로 뻣뻣하게 곤두선 모습이었다. 그가 끌고 다니는 쇠사슬은 허리춤을 꽉 죄고 있었다. 쇠사슬은 기장이 길었고 무슨 꼬리처럼 그를 칭칭 감고 있는데, (스크루지가 그것을 자세히 관찰해보니) 현찰 통, 열쇠, 자물쇠, 장부, 증서, 묵직한 철가방 등이 주렁주렁 달려 있는 쇠사슬이었다. 그의 몸은 투명해서 스크루지의 눈에는 그의 조끼 뒤로 외투 뒤쪽의 단추 두 개까지 들어왔다.

스크루지는 말리가 오장육부도 없다는 말을 자주 듣곤 했으나 그것이 사실일 리 없다고 생각했었는데, 이제는 그것을 사실로 받아들일 수밖에 없었다.

A Christmas Carol

아니, 지금도 그건 사실이 아니라고 생각했다. 비록 그가 이 환영을 속속들이 살펴보았고 그것이 자기 앞에 서 있음을 보고 있긴 해도, 비록 그가 차디차게 죽은 유령의 눈빛이 발하는 냉랭한 기운을 느끼고 있긴 해도, 또한 머리와 턱을 한 바퀴 돌려 묶은, 이전에는 본 적이 없던 손수건의 재질도 눈여겨보긴 했어도, 그는 여전히 반신반의했고 자기 눈을 의심했다.

"그래서 뭘 어쩌자는 거야!" 스크루지가 늘 그렇듯이 톡 쏘는 냉정한 투로 말했다. "나랑 무슨 볼일이 있나?"

"많지!"

말리의 목소리였다, 의심할 여지없이.

"당신 누구야?"

"내가 누구였던지를 물어야지."

"그럼 누구였지, 당신? 까다로우시군, 그림자치고는."

스크루지가 언성을 높이며 말했다. 그는 "그림자만큼은"이라고 말할 참이었으나 그쪽이 더 적절해 보여서 말을 바꿨다.

"생전에는 자네의 동업자, 제이컵 말리였네."

"그런데 어디, 자리에 앉을 수 있으신가?"

스크루지가 미심쩍은 기색으로 그를 쳐다봤다.

"그럴 수 있지."

"그럼 앉으시오."

스크루지가 이 질문을 한 것은 그처럼 투명한 유령이 의자에 자

리 잡고 앉을 수 있는 상태일지 알 수가 없었고, 그리고 만약 그것이 불가능할 경우 해명하느라 좀 난처해할 것 같아서였다. 그러나 유령은 화로 반대편에 앉았다. 마치 그 자리가 친숙한 듯.

"나를 믿지 못하는 모양이군."

유령이 말했다.

"그래, 못 믿겠소."

스크루지가 말했다.

"보면서도 못 믿으니 내가 진짜라는 증거가 뭐가 더 필요한가?"

"글쎄, 잘 모르겠는데."

스크루지가 말했다.

"왜 자네는 보고 들으면서도 의심하나?"

"왜냐하면 하찮은 것에도 영향을 받는 게 감각이기 때문이지." 스크루지가 말했다. "위가 좀 거북해도 헛것을 볼 수 있잖은가. 당신이 소화가 좀 덜 된 쇠고기 한 점이나 겨자 찌꺼기, 치즈 조각, 덜 익은 감자 부스러기일지도 모르지. 당신이 무엇인지 몰라도 거드름 피우는 모습이 무슨 속에 걸린 건더기 같으니 말이야!"

스크루지는 짓궂은 농담을 버릇삼아 하는 사람은 아니었고 그 시점에서 딱히 장난기가 발동한 것도 아니었다. 사실인즉, 자기 관심을 다른 데로 돌리고 공포심을 눌러볼 방편으로 재치를 부린 것이었다. 그만큼 환영의 목소리가 그를 뼛속까지 으스스하게 만들었던 것이다.

거기에 앉아서 이중창 같은 눈을 뚫어지게 쳐다봐서 상대방의 기를 꺾어보자는 것이 스크루지의 속셈이었다. 게다가 그 환영 스스로 지옥 분위기를 끌고 들어와서 풍기고 있는 게 뭔가 몹시 끔찍하기도 했다. 스크루지가 그걸 직접 감지할 수는 없었으나 사실이 분명했다. 비록 유령이 완벽하게 부동자세로 앉아 있긴 했지만 그의 머리카락, 외투자락, 구두장식 등은 마치 오븐의 뜨거운 김으로 들먹거리는 것 같았다.

"요 이쑤시개 보이시지?"

스크루지가 방금 말한 그 이유에서 재빨리 다시 공세를 펴서, 비록 한 1초 동안이라 해도 돌처럼 굳게 쳐다보는 환영의 눈길을 딴 데로 돌려볼 참이었다.

"보이네."

유령이 대답했다.

"댁이 그걸 바라보고 있지도 않는데 뭘."

스크루지가 말했다.

"하지만 보고 있네." 유령이 말했다. "그럼에도 불구하고."

"그래!" 스크루지가 대답했다. "그렇다면 그건 내가 인정해야겠군. 그래서 남은 평생 동안 도깨비 무리한테 시달리면서 말이야, 다 내 머릿속에서 나온 망상이지만. 개소리야, 알아? 개소리라고!"

이 말을 하자 혼령은 무시무시한 소리를 지르면서 쇠사슬을 어찌나 암울하고 끔찍한 소리를 내며 흔들어대던지, 스크루지는 기절해서 쓰러지지 않으려고 의자를 손으로 꽉 붙잡았다. 그러나 환영이 머리에서 턱까지 감은 붕대를 마치 실내 온도가 너무 후텁지근하다는 듯 슬슬 풀어버리자 아래턱이 그만 뚝 하고 밑으로 가슴팍까지 떨어졌고, 그걸 보자 공포심은 더 커졌다!

스크루지는 주저앉아서 무릎을 꿇었고, 두 손을 얼굴 앞에 모았다.

"제발 봐주시오!" 그가 말했다. "끔찍한 환영님, 왜 나를 괴롭히시나?"

"세속적인 생각만 하는 인간아!" 유령이 대답했다. "나를 믿겠나, 못 믿겠나?"

"믿겠소." 스크루지가 말했다. "안 믿을 수 없군. 하지만 왜 혼령들이 이 세상에 돌아다니는 건가. 또 왜 나한테 오는 거지?"

"모든 인간의 혼령은." 유령이 응답했다. "동료 인간들 사이로 두루두루 여기저기 돌아다니도록 되어 있는 것인데, 만약 그 혼령이 생전에 그렇게 다닌 적이 없다면 죽은 후에 배회하는 벌을 받게 되는 걸세. 이 세상을 방랑하는 벌 말일세, 아, 내 처량한 신세! 자신은 함께 나눌 수 없는 것들, 세상에 살 때 함께 나누면서 행복을 누릴 수 있었던 것들을 지켜만 봐야 하다니!"

다시금 환영은 고통스러운 비명을 지르며 쇠사슬을 흔들고 그림자 같은 두 손을 뒤틀었다.

"당신이 그렇게 족쇄를 차고 있는 건 왜 그런 거지?"

스크루지가 부르르 떨며 말했다.

"나는 내가 살아 있을 때 만들어낸 쇠사슬을 달고 다니는 걸세." 유령이 대답했다. "내가 펜대를 굴리며 그걸 만든 걸세. 한 뼘, 한 뼘씩, 나 자신의 자유의지로 내 몸에 둘렀고, 내 자유의지로 걸치고 다니는 걸세. 이 모양이 자네 눈에도 그렇게 괴상해 보이나?"

스크루지는 점점 더 부르르 떨었다.

"아니면 자네도 알고 싶은가." 유령이 말을 계속 이어갔다. "자네 스스로 들고 다니는 그 단단한 사슬의 무게와 길이가 얼마나 되는지? 그게 7년 전 크리스마스이브 때도 내 것만큼이나 만만치 않게 무겁고 길었지. 그때부터 또 자네는 그걸 만드느라 더 진력을 쏟았으니, 상당히 묵직한 쇠사슬일 거야!"

스크루지는 자기 주위 바닥을 힐끗 쳐다봤다. 한 50~60미터 쇠사슬에 둘러싸여 있으리라 예측하며. 그러나 아무것도 보이지 않았다.

"제이컵." 스크루지가 애원조로 말했다. "제이컵 말리 선배, 좀 더 얘기를 해주시오. 나한테 좀 위안이 되는 얘기를 말이오, 제이컵 선배!"

"자네한테 해줄 위안의 말은 나한테 없어." 유령이 대답했다. "위안은 다른 쪽 세계에서 오는 걸세, 에브니저 스크루지. 또한 다른 전령들이 다른 종류의 사람들에게 전해주는 것이고. 게다가 내가 하고 싶은 말도 나는 할 수 없어. 나한테 허용된 말은, 그저 몇 마디 더가 전부일세. 나는 쉴 수가 없고 머물 수 없으며 아무 데서도 머뭇거리지 못한다네. 내 혼령이 우리 회계사무실 문밖으로는—내 말을 잘 듣게나!—나가본 적이 없으니까, 우리가 돈계산 하는 쥐구멍의 좁디좁은 울타리 밖으로 나가서 돌아다녀본 적이 없으니 말이야. 그 덕에 앞으로 또 힘겨운 여행을 얼마나 더 해야 할지!"

스크루지의 한 가지 버릇은 그가 생각에 잠길 때면 늘 두 손을 바지 주머니에 넣는 것이었다. 유령이 하는 말을 곰곰이 생각해보면서, 그는 그렇게 지금 두 손을 바지 주머니에 넣었지만, 두 눈을 들어 위를 보거나 무릎 꿇은 자세를 고치지 않았다.

"선배는 아마 여행을 매우 느리게 하고 있는 모양이군요."

스크루지가 사무적인 투로, 그러나 겸허함과 예의를 갖추고 의견을 피력했다.

"느리다고!"

유령이 말을 되받았다.

"죽은 지 7년째인데." 스크루지가 자신의 생각을 표현했다. "그 시간 내내 여행을 하고 있었다니!"

"그 기간 내내, 한순간의 휴식이나 평화도 없이, 끝없이 후회에 시달리면서 말일세."

유령이 말했다.

"빨리 다닌단 말인가요?"

스크루지가 말했다.

"바람의 날개를 타고 다니네."

유령이 대답했다.

"7년 동안 상당한 지역을 섭렵했겠군, 아마도."

스크루지가 말했다.

유령은 이 말을 듣자 또 다른 소리를 지르며, 그 죽은 듯 적막한 밤 시간에 어찌나 소름끼치는 소리를 내며 쇠사슬을 철렁거렸던지 파출소장이 소란죄로 고소해도 어쩔 도리가 없을 정도였다.

"아, 갇히고 묶이고 이중 쇠고랑을 찬 인간아." 환영이 외쳤다. "그걸 모르나, 영원한 존재들이 끝없는 수고하는 장구한 시간을, 이 세상에서 우리가 예감하는 선함이 완전히 발현되는 것은 영원으로 넘어간 후라는 것을. 그 어떤 기독교도의 혼령이건 이 작은 영역에서 그 일이 무엇이건 간에 친절을 행할 때, 그가 남들에게 유익한 도구가 되는 삶을 살기에도 한 생애는 너무나 짧다는 것을. 아무리 한없이 후회한다 해도 한 번 산 삶의 기회들을 남용한 것을 보상할 수 없다는 것을! 하지만 그게 바로 내 경우라니! 아, 그게 바로 내 경우라니!"

"그러나 제이컵 선배는 늘 좋은 사업가였잖아요."

스크루지가 머뭇거리며 말했는데, 사실 그는 자신의 삶에도 그 말을 대입해보는 중이었다.

"사업이라고!" 두 손을 또다시 뒤틀며 유령이 말했다. "인류가 내 사업이었지. 모두의 행복이 내 사업이었고, 자선, 온정, 인내, 선행, 이 모든 게 다 내 사업이었네. 내가 했던 거래는 내 사업의 한없이 넓은 바다의 물 한 방울에 불과했던 거야!"

유령은 자기 쇠사슬을 쥐고 마치 그것이 온갖 무익한 번뇌의 원인인 듯 팔 길이만큼 들고 바라보다가 다시 바닥에 내던졌다.

"한 해가 흘러가서 이맘때가 돌아오면 내 고통이 가장 심해지네. 나는 동료 인간들 사이에서 두 눈으로 땅만 바라보며 걸어다녔지. 왜 단 한 번도 동방박사들을 미천한 거처로 인도한 축복받은 별을 바라보지 않았던가! 그 빛이 어떤 가엾은 집으로 이 몸을 이끌 수 있었을 텐데!"

환영이 말했다.

스크루지는 환영이 이런 투로 계속 한탄을 해대는 소리를 듣는 게 몹시 당혹스러웠고, 몸이 심하게 떨리기 시작했다.

"내 말, 잘 듣게!" 유령이 외쳤다. "내게 허용된 시간을 거의 넘겼으니."

"그럴게요." 스크루지가 말했다. "하지만 너무 심한 말은 하지 마세요! 너무 장황하게 늘어놓지 마시라고, 제이컵 선배! 제발!"

"어떤 연유로 내가 지금 자네 앞에 이런 모양으로 등장하게 된 건지는 얘기할 수 없네. 이미 수없이 여러 날 자네 곁에서 내가 안 보이는 상태로 앉아 있었다네."

그 모습을 상상하니 별로 달갑지 않았다. 스크루지는 부르르 떨면서 이마에서 땀을 닦아냈다.

"그건 나로서도 결코 가벼운 벌이 아니야." 유령이 계속 말을 이어갔다. "내가 오늘 밤 자네한테 온 것은 경고를, 자네는 내 운명을 회피할 기회와 희망이 아직 남아 있다는 통보를 해주기 위한 걸세. 기회와 희망 모두 내가 가져다주는 걸세, 에브니저."

"선배는 늘 나한테 좋은 동료였어요." 스크루지가 말했다. "고마워요, 선배!"

"오늘 자네한테." 유령이 하던 말을 계속했다. "세 정령들이 나타날 걸세."

스크루지의 안색은 거의 유령의 얼굴처럼 창백해졌다.

"그게 제이컵 선배가 말한 기회이자 희망인가요?"

그는 머뭇거리는 목소리로 물어봤다.

"그렇다네."

"그러면, 차라리 그만두고 싶은데."

스크루지가 말했다.

"그들이 방문하지 않으면." 유령이 말했다. "자네는 내가 밟고 있는 이 길을 피해볼 희망을 가질 수 없다네. 첫 번째 정령은 내일 새벽 1시를 칠 때 올 것이니 기다리고 있게나."

"그냥 한꺼번에 다 만나서 다 끝내버릴 수는 없을까요, 제이컵 선배?"

스크루지가 넌지시 물었다.

"두 번째는 그다음 날 밤 같은 시각에 올 것일세. 세 번째는 또 그다음 날 밤 자정의 마지막 종소리가 멈출 때 올 거고. 나는 더는 볼 생각을 하지 말게. 그리고 자네 자신을 위해서 우리 사이에 오늘 있

었던 일을 꼭 잊지 말아야 하네!"

환영은 이 말들을 다 하자 탁자에서 붕대를 집어 들고 머리 주위로 처음처럼 한 바퀴 둘러서 맸다. 스크루지는 위턱과 아래턱을 붕대가 다시 감고 있음을 예리한 소리를 통해 알 수 있었다. 그가 용기를 내서 시선을 다시 위쪽으로 올려보니 그의 초자연적 방문객은 쇠사슬을 팔 주위에 꽁꽁 묶고 곧은 자세로 서 있었다.

유령은 뒷걸음치며 스크루지에게서 물러갔고 한 걸음을 뗄 때마다 창문이 조금씩 열리더니, 환영이 창문 앞에 이르렀을 때 창이 끝까지 완전히 열렸다.

유령은 스크루지에게 가까이 다가오라는 신호를 했고 그는 그의 말을 따랐다. 둘 사이가 한두 폭 정도로 좁아지자, 말리의 유령은 손을 들고서 더는 접근하면 안 된다는 경고를 했다. 스크루지는 멈춰섰다.

스크루지는 딱히 순순히 따르려는 마음이라기보다는, 유령이 손을 쳐드는 순간 뭔가 공기에서 혼란스러운 소음을 감지해서 놀라고 겁에 질려서 그랬던 것이다. 그것은 한탄과 후회, 말할 수 없이 구슬프게 자책하며 울부짖는 소리였다. 환영은 이 소리를 잠시 듣더니 본인도 그 구슬픈 곡소리에 동참하며, 황량하고도 깜깜한 밤 속으로 미끄러지듯 흘러가버렸다.

스크루지는 호기심을 참지 못해 창문까지 다가섰다. 그는 창밖을 내다보았다.

허공에는 온통 환영들이 여기저기 숨 가쁘게 안절부절못하며 떠돌면서 곡소리를 내고 있었다. 환영들은 하나같이 모두 말리의 유령처럼 쇠사슬을 두르고 있었고, 이 중 몇은 (아마 죄질이 나쁜 정치인들일지 모른다) 서로 연결돼 있었다. 그 누구도 묶이지 않은 자는 없었다. 이 중 여럿은 스크루지가 생전에 개인적으로 알던 자들이었다. 스크루지는 특히 하얀 조끼 차림의 한 늙은 유령과는 아주 잘 알고 지내던 사이였다. 그 유령은 발목에 흉측하게도 큰 철제 금고를 달고서, 자기 발밑에서 한 가련한 아이엄마가 아기랑 남의 집 대문 앞에서 떨고 있는 모습을 보며 돕고자 하지만 돕지 못하는 처지라서 처량한 신음소리를 냈다. 이들을 고통스럽게 하는 것은, 이들이 선행을 베풀려고 인간사에 개입하려 해도 그럴 힘을 영원히 잃어버린 처지 때문임이 분명했다.

이 존재들이 안개 속으로 사라져버렸는지 아니면 안개가 이들을 수의처럼 감싸버렸는지는 스크루지로서는 알 수 없었다. 하지만 이들과 이들 혼령의 소리들이 함께 사라져버렸고 밤은 다시 그가 집으로 걸어오던 때와 같은 상태로 되돌아와 있었다.

스크루지는 창문을 닫았고 유령이 들어왔던 문을 점검했다. 문은 자기 손으로 잠근 그대로, 이중으로 잠겼고 빗장도 그대로 쳐져 있었다. 그는 "개소리!"란 말을 내뱉으려 노력은 했으나 그만 '개' 자에서 멈추고 말았다. 그리고 그가 겪은 감정의 기복 때문인지, 아니면 그날의 피로 때문인지, 아니면 보이지 않는 세계를 언뜻 보게 된

것 때문인지, 아니면 유령과 나눈 갑갑한 대화 때문인지, 아니면 시간이 이미 상당히 늦어서 그만 잘 때가 되었기 때문인지, 그는 옷도 벗지 않고 곧장 침대에 누웠고 즉시 잠에 빠졌다.

둘째 마당

세 정령 중 첫 번째

The First
of the Three Spirits

스크루지가 잠에서 깼을 때 방이 깜깜해서 침대 커튼 밖을 내다봐서는 투명한 창문과 방의 불투명한 벽들을 거의 분간할 수 없었다. 스크루지는 자신의 족제비 같은 눈으로 어둠을 뚫어보려 애쓰던 중 이웃 교회당 종소리가 정각이 다 되어간다는 예비 종을 울렸다. 그래서 그는 몇 시가 됐나 귀를 기울였다.

참으로 놀랍게도 그 묵직한 종은 여섯 번에서 일곱 번까지, 다시 일곱 번에서 여덟 번까지 그리고 규칙적으로 열두 번까지 치더니 그제야 멈췄다. 12시! 그가 자리에 들 때 새벽 2시였는데, 시계가 고장난 거겠지. 고드름이 부품 속에 스며들었나 보군. 12시라니!

그는 자기 알람시계의 스프링을 만져봐서 확인한 후 이 황당한 물건을 고쳐놓을 작정이었다. 그것의 짧고 급박한 맥박은 열두 번 톡톡거리더니 멈췄다.

"아니, 그럴 리가 없어." 스크루지가 말했다. "내가 하루 종일 자고 또 다른 날의 한밤중이 됐다니. 태양에 무슨 일이 생겼을 리는 없지만, 지금은 낮 12시야!"

이 생각이 다소 놀라게 할 만한 것이기에 스크루지는 침대에서 허둥지둥 내려와서 창문까지 더듬어 걸어갔다. 실내복 소매로 창문의 성에를 닦아내지 않으면 아무것도 볼 수 없었는데, 그렇게 하고 나서도 보이는 건 거의 없었다. 그가 파악할 수 있는 거라고는 여전히 바깥은 매우 안개가 짙고 몹시 춥다는 것, 그리고 만약 밤이 밝은 대낮을 무찌르고 이 세상을 지배하게 되었다면 필경 그러했을 것처럼, 사람들이 여기저기 뛰어다니거나 분주하게 소란을 피우는 소리는 전혀 들리지 않았다는 것이다. 이것이 매우 안도할 일이긴 했다. 왜냐하면 만약 며칠이 지났는지 계산할 수 있는 낮 시간이 없어지면 "이 환어음 원본 제시 3일 후 에브니저 스크루지 씨에게 또는 그의 주문에 따라 지불할 것" 등의 표현은 그야말로 미국 국채나 다름없는 꼴이 될 것이기 때문(당시 미국 국채는 영국인들에게 전혀 가치가 없었다—옮긴이)이다.

스크루지는 다시 잠자리에 들었는데, 생각하고 또 생각하고 또다시 생각해봤지만 도무지 상황을 파악할 수가 없었다. 생각을 하면 할수록 더 당혹스러워지기만 했고 생각을 안 하려고 노력하면 할수록 생각을 더 하게 되었다. 말리의 유령이 그를 극도로 불안하게 했다. 그가 성숙한 논리를 편 후 이 모든 것이 꿈에 불과하다는 결론을 내릴 때마다 그의 생각은 마치 강한 용수철의 반동을 받은 듯 시발점으로 다시 튕겨져 날아가서 똑같은 문제를 다시 풀어야 했다.

"이것이 꿈인가, 아닌가?"

스크루지는 이런 지경에서 종이 다음 시간인 15분에 세 번 더 칠 때까지 누워 있었는데, 그때 불현듯 새벽 1시 종이 치면 정령이 출몰하리라는 유령의 경고가 생각났다. 그는 이 시간이 지나갈 때까지 잠들지 않고 누워 있기로 작정했다. 그가 천국으로 올라갈 가능성이나 잠이 올 가능성 모두 희박했음을 감안하면, 그것이 그로서는 가장 현명한 결정이었을 것이다.

그 15분이 어찌나 길던지, 그는 자기도 모르게 졸았고 종 치는 소리를 놓쳤으리라고 확신했던 적이 한두 번이 아니었다. 마침내 그의 귓전을 울리는 소리가 들렸다.

"딩, 동!"

"15분 지났군."

스크루지가 계산을 하며 말했다.

"딩, 동!"

"반이군!"

스크루지가 말했다.

"딩, 동!"

"15분 전이야."

스크루지가 말했다.

"딩, 동!"

"1시가 됐지만, 무슨 별일이 일어나겠나!"

스크루지가 의기양양하게 말했다.

그는 종이 치기 전에 이 말을 했는데 이제 종이 쳤다. 그 소리는 아주 깊숙하고 굼뜨고 휑하고 음울한 소리였다. 그 순간 번쩍 빛이 방에 비치더니 침대 커튼이 젖혀졌다.

분명히 말하지만, 그의 침대 커튼은 누군가의 손에 의해 옆으로 젖혀진 것이다. 그의 발치 쪽이나 등 쪽 커튼이 아니라 바로 얼굴을 마주 보고 있던 커튼이. 그의 침대 커튼이 옆으로 젖혀졌고, 스크루지가 깜짝 놀라서 반쯤 몸을 일으키자 커튼을 젖히고 서 있는 저세상의 손님과 얼굴을 맞대게 되었다. 지금 내가 당신 바로 앞에 있듯이, 당신 팔꿈치 옆에 혼령처럼 다가가 있듯이.

그 모습은 사뭇 괴상했다. 아이 같기도 하고 늙은 영감 같기도 한데, 마치 무슨 초자연적 매체를 통해 보기라도 하듯, 시야에서 멀어져서 어린아이 정도 크기로 줄어든 것 같았다. 머리카락은 목을 지나 등 뒤로 흘러내렸고 오랜 세월을 살아서 그런 것처럼 하얀 백발이었는데, 얼굴에는 주름살 하나 없이 피부에 풋풋한 생기가 돌았다. 그의 두 팔은 매우 길고 근육질이었고, 손도 마찬가지로 예사롭지 않은 힘을 쓸 법했으며, 다리와 발은 지극히 섬세한 모습이었으나 두 팔과 마찬가지로 맨살이었다. 그는 아주 새하얀 튜닉을 입고 있었으며 허리에는 번쩍거리는 벨트를 둘렀는데 그 광채가 아름다

왔다. 그는 손에 신선한 녹색 호랑가시나무 가지를 들고 있었고, 그의 옷 가장자리에 장식된 여름 꽃들은 겨울철 상징과는 희한한 대조를 이루었다. 하지만 가장 괴상한 점은 그의 머리 정수리에서 밝은 빛줄기가 솟아난다는 것이었는데, 그 덕에 그의 모습을 자세히 볼 수 있었다. 덤덤하게 지낼 평소에는 팔에 끼고 있는 모자를 빛줄기를 가리는 용도로, 마치 촛불 소등기처럼 정수리에 얹고 다니는 모양이었다.

그러나 스크루지가 그를 점차 더 뚫어지게 바라보니, 괴상한 부분은 그것만이 아니었다. 그의 벨트에서 이쪽저쪽 돌아가며 빛이 번쩍번쩍 솟아나며 비치는데, 빛이 비추던 곳이 이내 어둠으로 변했고 그 인물의 형상도 마찬가지로 뚜렷해졌다가 흐려지기를 반복했다. 어떤 때는 팔이 하나이다가 다른 때는 다리가 하나, 그러다 다리가 스무 개, 다시 또 다리는 두 개인데 머리가 없다가, 또 머리는 있는데 몸체는 없는 모습으로, 이렇게 신체 부위들이 녹아 없어지며 짙은 암흑 속으로 사라져서, 도무지 형체를 분간할 수 없었다. 그래서 어안이 벙벙해져 있다 보면 다시 원래 모습으로 돌아와서는 아까처럼 그의 형상이 온전히 뚜렷하게 보였다.

"댁이 그 정령이신가, 나한테 온다고 예고한 그 양반?"

스크루지가 물었다.

"그렇습니다!"

그 목소리는 부드럽고 상냥했다. 놀랍게도 낮은 톤으로 마치 바로 그의 옆에 있는 것이 아니라 어디 멀리서 들려오는 것처럼.

"도대체 누구시고 뭐하는 분이신지?"

스크루지가 따졌다.

"나는 지난 과거의 크리스마스의 정령이오."

"한참 지난 과거 말이오?"

스크루지가 난쟁이처럼 작은 그의 체구를 눈여겨보며 질문했다.

"아니요, 당신의 과거요."

아마도 누가 왜 그러냐고 물어보면 딱히 설명할 말은 못 찾았겠지만, 스크루지는 정령이 정수리에 모자를 덮어쓴 모습을 유별나게 보고 싶었다. 그래서 머리에 모자를 다시 써 달라고 간청했다.

"뭐라고요!" 정령이 소리를 질렀다. "당신은 내가 선사하는 이 빛을 그렇게도 곧장 꺼버리고 싶다는 것이오, 그 세속적인 손으로? 욕심이 만들어낸 모자를 덮어씌운 그 사람들 중 당신도 하나라는 것, 그걸로 충분하지 않소? 그래서 이어지는 긴긴 세월 내내 이걸 내 이마 아래까지 푹 눌러쓰고 다니게 만든 걸로 말이오!"

스크루지는 상대의 기분을 상하게 할 의도에서 고의로, 정령이 살아온 과정 언제이건 머리 위에 "모자를 푹 눌러준" 일과 자신은 전혀 상관이 없음을 정중하게 해명했다. 그러고는 실례지만 무슨 용무로 이 자리에 왔는지 물었다.

"당신의 안녕 때문이지요!"

정령이 말했다.

스크루지는 매우 고맙긴 하지만 자신의 안녕에는 밤새 푹 안 깨고 자는 편이 훨씬 더 낫지 뭘, 하는 생각이 들었다. 정령은 마치 그가 생각하는 것을 다 들은 듯하더니 즉각, 이렇게 말했다.

"그 말이 싫다면, 당신의 회복이 목적이라고 합시다. 잘 들으시오!"

그는 이렇게 말하며 힘센 손을 내밀어 스크루지의 팔을 부드럽게 잡았다.

"일어나세요! 같이 갑시다!"

그 자리에서 스크루지가 날씨도 그렇고 시간도 그렇고 지금은 산책하기에 적절치 않으며, 침대는 따뜻하지만 바깥 온도계는 영도에서도 눈금이 한참 더 내려가 있고, 지금 자기 복장이 실내화에 얇은 잠옷에 나이트캡 차림이고, 게다가 지금 감기 기운이 있다고 사정을 해봤자 별 소용이 없었을 것이다. 꽉 쥔 손이 비록 여성의 손처럼 부드럽기는 해도 저항할 수 없이 견고했던 까닭이다. 그는 일어섰지만, 정령이 창문으로 나가려는 눈치를 채고는 정령의 옷자락을 꽉 쥐며 애원했다.

"나는 인간입니다." 스크루지가 항의했다. "그렇게 하면 밑으로 떨어질 거예요."

"자, 여기에 내 손을 대겠오." 정령이 그의 가슴에 손을 얹으며 말했다. "그러면 당신은 지금보다도 더 안전할 것입니다."

이 말을 하는 도중에 이미 그들은 벽을 통과해 나가서, 양쪽으로 벌판이 펼쳐진 시골길에 서 있었다. 도시는 완전히 사라져버렸다.

흔적이라고는 전혀 볼 수가 없었다. 도시의 안개와 어둠도 함께 사라져버렸고, 이제 맑고 추운 한낮의 겨울이 되어 땅에 눈이 덮여 있었다.

"세상에 이럴 수가!" 스크루지가 두 손을 모아 쥐고 주위를 둘러보며 말했다. "여긴 내가 자라난 곳인데. 내가 소년 시절을 보낸 곳이잖아!"

정령은 그를 온화하게 바라보았다. 그의 부드러운 손길은 비록 가볍고 순간적이었지만 이 늙은 남자의 감각에는 계속 남아 있는 것 같은 느낌이 들었다. 그는 공기에 셀 수 없이 많은 향기가 떠다니는 느낌을 받았다. 게다가 그 냄새는 각기 셀 수 없이 많은 생각, 희망, 기쁨, 걱정과 같은, 이미 오래전에 사라진 이런 감성들을 불러일으키는 느낌!

"당신 입술이 떨리고 있군요." 정령이 말했다. "거기 당신 볼에 뭐가 있는 거 같은데?"

스크루지는 평소에는 낼 수 없는 상냥한 목소리로, 이건 보조개라오, 라고 말하며 정령에게 가려는 곳으로 자기를 어서 인도하라고 말했다.

"가는 길을 기억하시나보죠?"

정령이 물었다.

"기억하다마다요! 눈을 감고도 찾아갈 수 있을 겁니다."

스크루지는 신이 나서 외쳤다.

"그토록 오랜 세월 동안 그걸 잊고 지내다니, 참 이상도 하군요!" 정령이 소감을 말했다. "그럼 가시지요."

길을 따라 걸어가면서, 스크루지는 담장, 기둥, 나무를 모조리 알아보았다. 마침내 먼 거리에 한 작은 장터 소도시가 다리와 교회당, 굽이쳐 흐르는 강과 함께 모습을 드러냈다. 털북숭이 당나귀 몇 마리가 등에 소년 몇을 태우고 그들을 향해 타박타박 오는 중이었고, 아이들은 농부들이 모는 시골 마차나 짐마차에 올라탄 다른 사내아이들을 불러댔다. 이 아이들은 모두 기분이 아주 좋은 모양이었는데 서로 큰 소리로 말을 주고받다 보니 그 넓은 벌판이 온통 즐거운 음악으로 넘쳐났다. 신선한 공기마저도 그 소리에 덩달아 웃고 있을 정도로!

"이들은 이미 지난 일들의 그림자일 뿐이오." 정령이 말했다. "우리를 의식하지 못합니다."

명랑한 여행객들이 가까이 다가오자, 스크루지는 모두 그들이 누군지 알아보며 각각 이름을 불렀다. 아니, 도대체 왜 그가 이들을 만나서 한없이 기뻐하는 건가! 왜 그의 차가운 눈에 물기가 고이고 그의 가슴은 두근두근 뛰어대는 것인가! 왜 이들이 갈림길과 뒷길로 각자 집을 향해 헤어지면서 서로에게 메리 크리스마스 인사를 할 때 반가움이 가슴속에 차오르는 것인가! 스크루지랑 메리 크리스마스가 무슨 상관이지? 그 망할 놈의 메리 크리스마스! 도대체 남는 게 뭐 있다고?

"학교에 사람이 아무도 없는 것은 아니지요." 정령이 말했다. "친구들한테 따돌림당하는 외로운 아이 하나가 아직 거기에 남아 있어요."

스크루지는 자기도 안다고 말했다. 그러고는 훌쩍훌쩍 울었다.

이들은 큰 길을 떠나 기억이 생생한 좁은 골목으로 접어들어서는 이내 칙칙한 붉은 벽돌 저택에 다다랐다. 풍향계가 달린 작은 돔이 지붕 위로 솟아 있었고 돔 안에 종이 하나 걸려 있었다. 그곳은 큼직한 저택이었으나 가세가 기울어 망했는지, 널찍한 사무실들은 거의 이용하는 법이 없었고 실내의 벽들은 습기와 이끼가 차 있었으며 창문들은 깨져 있고 문들은 썩고 있었다. 마구간에는 닭들이 꼬꼬댁거리며 활보했고 마차 차고와 창고마다 잡초가 무성했다. 예전 모습을 간직한 집 안, 적막한 홀에서 보이는 열린 방들, 초라한 가구가 휑하게 냉방에 널려 있는 상태임을 파악할 수 있었다. 공기 중에 먼지 냄새가 떠도는 방들은 냉랭하고 살풍경한 느낌이 들었는데, 그것은 먹을 것이 조금도 없는 데서 촛불 말고는 의지할 게 별로 없는 상황과 연관성이 있는 것 같았다.

그들, 그러니까 정령과 스크루지는 홀을 가로질러서 건물 뒤쪽에 있는 문으로 갔다. 가까이 다가가자 문이 열리면서 을씨년스럽고 우울한 긴 방이 펼쳐졌다. 단순한 책상과 등받이 없는 나무 의자들이 열을 맞춰 놓여 있어서 더욱 썰렁했다. 이 의자 중 하나에 한 외로운 사내아이가 온기가 다 꺼져가는 벽난로 앞에 앉아 책을 읽고 있었다. 스크루지는 의자 하나에 앉더니 자신이 잊었던 예전 그대로의 모습을 보며 눈물을 흘렸다.

남들이 남기고 간 메아리건, 벽면 뒤로 생쥐들이 찍찍대거나 다다닥 달리는 소리건, 뒤쪽 맥 빠진 마당의 반쯤 녹은 배수구에서 똑똑 떨어지는 물소리건, 혼자 적막하게 서 있는 포플러나무의 잎사귀 다 떨어진 앙상한 가지의 하품 소리건, 빈 창고 문이 할 일 없이 덜커덩거리는 소리건, 또는 벽난로불이 딱딱 타는 소리건, 하나같이 스크루지의 가슴을 녹이지 않은 게 없었으며, 그것들은 그의 눈물이 맘껏 흘러내리게 길을 내주었다.

정령은 스크루지의 팔을 잡으며 어릴 적의 그를 가리켰는데, 어린 스크루지는 독서에 몰두하고 있었다. 그때 갑자기 창밖으로 외국인 같은 옷차림의 한 남자가 놀랍게도 보기에 생생하고 뚜렷한 모습으로 나타났는데, 허리에는 손도끼를 차고 나무를 가득 진 당나귀 고삐를 잡아끌며 가고 있었다.

"아니, 알리 바바잖아!" 스크루지가 기쁨에 차 외쳤다. "우리 알리 바바 아저씨잖아! 맞아, 맞아, 생각나는군! 어느 성탄절 날, 저 고독한 아이가 여기 완전히 혼자 남아 있을 때,

아저씨가 진짜로 왔었어, 난생처음, 꼭 저런 모습으로. 가엾은 것! 그리고 발렌타인이랑 그의 야생 동생 오선, 저기 가고 있잖아! 그리고 저기, 이름이 뭐지, 다마스쿠스 성문에다 속옷 차림으로 내버려진 사람, 저기 보이잖아, 왜! 그리고 지니가 거꾸로 처박아놓은 술탄의 하인, 지금 거꾸로 서 있네, 저기! 그렇게 당해도 싸다. 그 꼴을 보니 내 기분이 좋다. 아니, 지놈 주제에 감히 어딜 공주랑 결혼을 해, 하기는!"

스크루지가 이런 주제들에 대해서 우는 것도 웃는 것도 아닌 표정에 아주 특이한 목소리로 타고난 진지함을 모두 쏟아붓는 것을 듣는다면, 그의 고조되고 상기된 얼굴을 본다면, 런던 시내의 업계 동료들은 깜짝 놀랄 것이다. 진짜로.

"저기, 앵무새구나!" 스크루지가 외쳤다. "몸통은 녹색, 꼬리는 노랑색, 머리 위에 무슨 상추 같은 게 자라는 친구, 저기 있잖아! 가엾은 로빈 크루소, 하고 불러댔지, 크루소가 섬을 한 바퀴 항해하고 돌아왔을 때 말이야. '가엾은 로빈 크루소, 어디 갔다 온 거야, 로빈 크루소?' 그는 그게 꿈속에서 들은 걸로 생각했지만 아니지. 그게 앵무새 소리였다는 거 아니야. 저기 프라이데이가 가고 있잖아. 안 죽으려고 줄행랑을 치며 작은 개천을 향해서 말이야! 어이, 어서, 자, 이쪽으로!"

그러고 나서 그는 자기 품성과는 완전히 딴판으로 곧장 기분이 바뀌더니 자기의 옛 모습을 보며 "불쌍한 것!" 하며 연민에 빠져 다시 눈물을 흘렸다.

"뭘 좀 줄걸."

스크루지가 볼멘소리를 하며 호주머니에 손을 집어넣고 주위를
두리번거리더니, 두 눈의 눈물을 소매로 닦은 후 말했다.

"하지만 이제는 너무 늦었구나."

"뭐 때문에 그러시지요?"

정령이 물었다.

"아무것도 아니에요." 스크루지 말했다. "아무것도. 어젯밤에 우
리 집 문 앞에서 크리스마스 캐럴을 부르던 아이가 하나 있었어요.
걔한테 뭔가를 주었으면 좋았겠다는 생각이 들어서 그런 거예요, 다
른 건 아니고."

정령은 사려 깊은 표정으로 미소를 지으며 손을 흔들면서 말을
했다.

"또 다른 크리스마스를 보러 갈까요?"

옛날의 어린 스크루지는 이 말을 하자마자 몸이 커졌고 방은 좀더
어둡고 더러워졌다. 벽면들은 쑥 줄어들고 창문이 쩽하고 금이 가면
서, 천장의 석회 가루들이 뚝뚝 떨어지기 시작하더니 천장 속 뼈대가
드러났다. 하지만 어떻게 된 연유인지는 스크루지는 전혀 감을 못 잡
기는 마찬가지였다. 그가 아는 것이라고는 이게 매우 정확하고, 모든
게 실제로 그랬었고, 다른 아이들이 모두 즐거운 연말연시를 즐기러
간 사이 다시 자기가 혼자 거기에 남아 있었다는 것이다.

그는 이제는 책을 읽고 있지 않았고 낙담한 표정으로 왔다 갔다 서성거리고 있었다. 스크루지는 정령을 바라본 후, 애처로운 기색으로 머리를 설레설레 흔들면서 안쓰러워하는 표정으로 문 쪽을 힐끗 보았다.

문이 열리면서 그 소년보다 훨씬 더 어린 한 여자아이가 쏜살같이 안으로 달려와 그의 목에 팔을 감더니 "오빠, 우리 오빠"라고 부르면서 연신 뽀뽀를 했다.

"오빠, 집으로 오빠 데리고 가려고 왔어! 오빠랑 같이 집에, 진짜 집에 가려고!"

아이가 자기 조그마한 손바닥을 짝짝 치고 허리 굽혀 웃으며 말했다.

"집이라고, 꼬마 팬?"

소년이 대꾸했다.

"응!" 아이가 기쁨에 넘쳐서 말했다. "집에, 아주 집으로 가는 거라고. 집에, 계속계속 같이 살게. 아빠가 옛날보다 훨씬 더 다정하시거든. 이제 집이 천국 같아! 그날이 참 좋은 날이었어, 내가 잠자려고 하는데 아빠가 나한테 워낙 다정하게 말씀하셔서, 내가 '오빠가 집에 오면 안 될까요' 하고 여쭤봤는데 '좋다. 와도 좋다'고 하셨어. 그러면서 나를 마차에 태워 오빠를 데려오라고 시키신 거야. 그리고 이제 오빠는 어른이 된 거래!" 아이가 눈을 뜨면서 말했다. "그리고 다시는 여기로 돌아오지 않아도 될 거라고. 하지만 그전에 우선 크리스마스 철 내내 같이 지낼 거라고. 그래서 이 세상에서 제일 즐거운 시간을 함께 보낼 거라고."

"너 이제 다 컸구나, 꼬마 팬!"

소년이 감탄했다.

그녀는 손바닥을 짝짝 치며 웃었고 오빠의 머리를 만지려고 해봤지만 그러기에는 그녀의 키가 너무 작았다. 그러자 그녀는 웃으면서 발끝으로 디디고 서서 오빠를 포옹했다. 그러고는 그를 끌고서 아주 열심히 문 쪽으로 갔다. 그도 전혀 꺼릴 바가 없었기에 아이를 따라갔다.

무시무시한 목소리가 홀에서 외쳤다.

"어이, 스크루지 군의 짐을 갖고 내려오지!"

그때 선생님이 직접 모습을 드러내더니, 스크루지를 사납게 깔보는 눈길로 바라보며 그와 악수를 하는 통에 그는 겁에 질린 상태가 되었다. 그러고서 선생님은 스크루지와 그의 여동생을 이제껏 본 것 중에서 제일 덜덜 떨리게 추운 거실의 제일 낡은 구석으로 이끌고 갔다. 그곳 벽에는 지도가 걸려 있었고 추위에 창백해진 지구의와 천체의가 창문에 놓여 있었다. 여기에서 그는 진기하게도 도수가 낮은 포도주를 담은 유리병과 묵직한 케이크 한 덩어리를 꺼내더니 이 별미를 두 어린이에게 내놓았다. 이와 동시에 비실거리는 하인더러 뭔가 마실 것을 마부에게 주라고 보내니, 그쪽에서는 나으리께 감사하지만 저번에 맛본 거랑 같은 음료라면 사양하고 싶다는 대답을 전해왔다. 이때쯤에는 스크루지의 짐을 이륜마차 맨 위에 얹어 고정시켜놨기에 두 어린이는 선생님에게 매우 흔쾌히 작별인사를 한 뒤 마차에 올라타 정원 사이로 둥그렇게 난 길로 기분 좋게 빠져나갔다. 날쌘 바퀴들 덕에 마차는 상록수의 짙은 잎사귀들에서 물보라처럼 추운 서리와 눈을 털어내며 쏜살같이 달렸다.

"늘 섬세한 아이였고 입김만 좀 세도 병들어 시들 수 있을 정도였지만." 정령이 말했다. "하지만 정은 참 많았지요!"

"맞아요." 스크루지가 외쳤다. "진짜 그랬지요. 부인하지 않겠소, 정령님. 하느님 앞에 맹세코!"

"성인이 된 후에 죽었지요." 정령이 말했다. "그리고 아마 내 생각엔, 자녀도 있었지요."

"애가 하나였어요."

스크루지가 대답했다.

"맞아요." 정령이 말했다. "당신 조카요!"

스크루지는 심정이 좀 거북해진 모양이었는지, 그냥 간략히 "네"라고만 대답했다.

비록 그들은 방금 전에 학교를 등지고 떠났지만 지금은 한 도시의 분주한 대로에 와 있었다. 그림자 행인들이 지나가고 또 지나갔고, 그림자 같은 짐마차와 사람을 태운 마차가 서로 교통체증을 뚫느라 씨름을 하는 등 실제 도시가 지닌 온갖 혼잡과 혼란을 그대로 보여주었다. 가게들의 모양새를 보니 여기에도 다시 크리스마스 철이 온 것이 분명했다. 지금은 저녁으로, 길거리마다 불이 밝았다.

정령은 어떤 창고 문 앞에 멈추더니, 스크루지에게 그 집을 알아보겠느냐고 물었다.

"알아보지요, 그럼!" 스크루지가 말했다. "여기가 내가 연수생 시절을 보낸 곳인데!"

이들은 안으로 들어갔다. 웨일스 가발을 쓴 한 노신사가 그들의 눈에 들어왔는데, 어찌나 높은 책상에 앉아 있던지 그가 한 2인치만 더 키가 컸으면 머리를 분명히 천장에 부딪혔을 것 같은 모습이었다. 그를 보자 스크루지는 몹시 흥분해서 외쳤다.

"아니, 우리 페지위그 사장님이잖아! 세상에 이럴 수가, 페지위그가 다시 살아나다니!"

우리의 페지위그 사장님이 펜을 다시 내려놓고서 시계를 올려다보았을 때는, 시간이 7시였다. 그는 두 손을 비비더니 큼직한 조끼를 고쳐 입고, 신발에서부터 선의가 담긴 앞이마까지 온통 울리도록 허허 웃어대더니, 편안하고 기름지고 풍부하고 두툼하고 명랑한 목소리로 크게 불렀다.

"어이, 이봐! 에브니저! 딕!"

예전의 스크루지는 이제 청년으로 자라나 있었는데, 그의 동료 연수생과 함께 활달하게 다가왔다.

"딕 윌킨스구나, 진짜로!" 스크루지가 정령에게 말했다. "세상에 이럴 수가, 맞아, 저기 있잖아. 나랑 상당히 친했는데, 가엾은 딕! 거

참 별일이군!"

"어이, 여보게들!" 페지위그가 말했다. "오늘은 일들 그만하지. 크리스마스이브잖아, 딕. 크리스마스라고, 에브니저! 덧문 내리자고." 페지위그 사장님이 손바닥을 딱딱 치며 큰 소리로 말했다. "잭 로빈슨, 이란 말이 끝나기 전에!"(17세기 말에 영국에서 유행했던 말―옮긴이)

그 두 친구들이 어찌나 그 일을 쏜살같이 하는지, 믿기지 않을 정도였다. 하나, 둘, 셋, 바깥 길 쪽으로 덧문을 들고 돌격―넷, 다섯, 여섯, 제 위치에 갖다놓고―일곱, 여덟, 아홉, 걸어서 고정시키고―다시 열에서 열둘 세기 전에, 경주마처럼 헐떡거리며 원위치.

"으쌰!" 페지위그 사장님이 소리치며 사무실 책상에서 놀랍게도 민첩하게 톡 튕겨나왔다.

"자, 자네들 이거 싹 치우고 공간을 좀 충분히 만들어봐! 자, 딕, 빨리빨리! 어서어서, 에브니저!"

싹 치웠다. 페지위그 사장님이 바라보고 있는 한, 이 친구들이 치우지 않을 것, 아니 치우지 못할 것이 어디 있으리! 단 1분 만에 다 끝났다. 움직일 수 있는 물건은 모두 한쪽에 쌓아놓았으니 이것들은 그때부터 영원히 은퇴생활에 들어갔다. 바닥을 쓸고 닦고 등불 심지를 밝게 다듬고 화로에는 연료를 가득 부으니, 자, 창고는 이제 아늑하고 따뜻하고 보송보송하고 환한 모양이, 한겨울 밤에 보면 딱 좋은 그 어떤 무도장이 부럽지 않았다.

악보를 들고 건물 안으로 들어온 바이올린 연주자는 높직한 사무실 책상 위로 올라가더니, 그곳을 오케스트라 석으로 삼아 조율하는데 배탈이 쉰 번은 난 것처럼 끽끽거렸다. 그리고 페지위그 사장님 사모님이 큼직하고 넉넉한 미소를 지으며 들어오신다. 세 명의 페지위그 양들이 생긋생긋 귀엽게 웃으며 들어온다. 여섯 명의 총각들이 이들 때문에 가슴앓이를 하며 따라 들어온다. 그 회사에서 일하는 모든 젊은 남녀가 다 들어온다. 그 집의 하녀들과 하녀들의 사촌, 제빵사가 들어온다. 여자 요리사와 그녀의 오라버니의 각별한 친구인 우유 배달부가 들어온다. 맞은편 집에 사는 아이도 들어온다. 소문에 따르면 자기 주인한테 아마 제대로 얻어먹지 못한다는 그 친구는 한 집 걸러 옆 집 소녀 뒤에 숨어 있었는데, 그 여자애 귀를 주인마님이 잡아 비틀었다는 것은 누구나 다 아는 사실이다. 이들이 안으로 다 들어온다. 한 사람씩, 누구는 수줍게 누구는 대범하게, 누구는 우아하게 누구는 어색하게, 누구는 밀고 누구는 당기며 모두 안으로 어떻게든 다 들어온다. 그러고 나서 다들 출발! 동시에 스무 쌍이 손을 살짝 상대방 등 뒤에 댄 채, 반대쪽으로 다시 돌다가, 한가운데로 전진하고, 다시 후진하고, 빙글빙글 여러 단계를 거쳐, 쌍쌍이 다정하게, 이전 리드 커플은 늘 엉뚱하게 턴을 하고 그다음 리드 커플은 턴 지점에 도달하면 다시 또 시작하고, 모든 리드 커플들이 마침내 서로 마주치게 되니 맨 끝 커플 누구도 이들을 도울 방도가 없구나! 결국에는 페지위그 사장님이 손바닥을 치며

"잘했소!" 하고 외쳤다. 그리고 바이올린 연주자는 바로 이런 목적으로 갖다놓은 흑맥주 잔에 달아오른 얼굴을 푹 담갔다. 하지만 쉴 필요가 없다는 듯 다시 나타나서는 비록 춤꾼은 아무도 나서지 않았지만 연주를 시작했다. 마치 좀 전의 연주자는 지쳐서 들것에 실려 집으로 갔고, 그가 대신 와서 쓰러지는 한이 있어도 경쟁자를 이겨낼 것을 작정한 듯했다.

춤판이 이어졌고 벌칙놀이가 이어졌고 춤판이 또 이어졌다. 케이크가 나왔고 니거스 칵테일이 나왔고 큼직한 오븐구이 닭고기에 큼직한 등심 햄에 민스 파이에 맥주까지 넘쳐나게 나왔다. 하지만 닭고기와 햄 다음에 이어진 그날 저녁의 하이라이트는 바이올린 연주자가 (잔꾀 많은 친구거든! 당신이나 내가 귀띔을 해줄 필요도 없이 자기 일을 잘 챙기는 그런 친구라니까!) 〈로저 드 커벌리 경〉 가락을 시작할 때 펼쳐졌다. 그때 우리 페지위그 사장님이 사모님과 춤을 추려고 일어섰다. 이 어울리는 커플이 자기들한테 딱 맞는 똑 부러지게 절도 있는 춤을 아주 일품으로 추기 시작하자, 이내 스물서너 쌍이 따라 춘다. 게다가 다들 함부로 대할 수 없는 양반들로, 그것도, 걸을 생각은 전혀 없고 그저 춤만 추려는 사람들이다.

그러나 그런 양반이 두 배나, 아니 네 배나 더 많았다고 쳐도 페지위그 사장님은 충분히 그들을 상대하고도 남았을 것이고, 그건 사모님도 마찬가지였다. 사모님으로 말하자면 남편과 모든 면에서 파트너가 될 만한 분이었다. 그게 대단한 칭찬이 아니라면, 더 좋은

말을 알려주시라. 그럼 그 말을 사용할 테니. 페지위그의 종아리에서는 그야말로 번쩍번쩍 빛이 날 정도였다. 두 분은 춤을 출 때마다 달빛처럼 좌중을 비추었다. 어느 순간이건 이들이 다음 단계에서 어떻게 변할지 예측할 수 없었을 것이다. 또한 페지위그 사장님과 사모님이 춤판 끝까지 같이 추는데, 앞으로 전진했다가 뒤로 후퇴하고, 두 손 모두 파트너에게 건네고 남자는 90도 절을 하고, 여자는 무릎 절을 하고, 자세를 벌떡 바로 세우고서 팔짱을 끼고 돈 후에 다시 각자 제자리로 왔다. 춤은 페지위그 사장님의 날렵한 껑충 뛰는 춤사위로 마무리했는데, 어찌나 민첩한지 마치 두 다리로 윙크를 하는 것 같았으며, 다시 두 다리로 땅에 섰는데 전혀 흔들림이 없었다.

시계가 11시를 치자 이 가정 무도회는 끝났다. 페지위그 사장님 부부는 문 양옆에 자리를 잡고 떠나는 사람들과 하나씩 악수하며 메리 크리스마스 인사를 했다. 모두들 다 물러간 후에 두 연수생만 남게 되자, 이들에게도 똑같이 인사를 했다. 이제 즐거운 목소리들은 다 사라져 없어지고 뒤편 가게에 있는 카운터 밑에 놓인 침대에 두 청년을 남겨뒀다.

이 모습을 지켜보는 동안 내내 스크루지는 정신이 나간 것 같았다. 그의 가슴과 영혼은 자기의 예전 자아와 함께 그때로 돌아가 있었다. 그는 모든 것이 일어났던 그대로임을 증언했고 모든 것을 기억했고 즐겼고, 몹시 기이하게도 감정이 요동치는 체험을 했다. 자신의 예전 자아와 딕이 손님들을 등진 후에 이르러서야 그는 이제 정령이 곁에서 자신을 정면으로 바라보고 있는 것을 의식했다. 정령의 정수리에서 불빛은 매우 밝게 빛나고 있었다.

"대수롭지 않은 일이지요. 이 철없는 것들이 그토록 고마워하도록 유도하는 것이."

정령이 말했다.

"대수롭지 않다고요!"

스크루지가 놀라서 소리쳤다.

정령은 두 연수생들의 말에 귀 기울이라는 손짓을 했는데, 이들은 페지위그 사장님을 진심으로 칭송하는 말들을 쏟아내고 있었다. 그러고 나서 정령이 말했다.

"왜요! 안 그래요? 댁이 좋아하는 그 잘난 돈 몇 파운드 썼겠지요, 아마 한 3-4파운드. 그게 뭐 대수롭다고 저렇게 칭송들을 하나요?"

"그게 아니에요." 그런 지적에 흥분한 스크루지가 무의식적으로 그의 예전 자아로 돌아가서 말했다. "그게 아니에요, 정령님. 페지위그 사장님은 우리를 행복하게 하거나 불행하게 만들 힘을 갖고 있는 거예요. 우리의 업무를 가볍게도 짐스럽게도 만드는, 즐거움이 되거나 고역이 되도록 할 힘을 말입니다. 그 힘이 말이나 표정에 있다고 해보죠. 아주 하찮고 미미해서 합산하거나 계산할 수 없다고 한들 그럼 어떻소? 그가 주는 행복이란 것은 마치 큰 재산을 얻은 것이나 마찬가지로 큰데요."

그는 정령이 쳐다보는 눈길이 느껴져서 말을 멈췄다.

"뭐 때문에 그러시죠?"

정령이 물었다.

"별거 아니에요."

스크루지가 말했다.

"뭔가 있는 것 같은데요, 내 생각엔?"

정령은 물러서지 않았다.

"아니." 스크루지가 말했다. "아니 뭐, 지금 내 사무원한테 뭐라고 한두 마디 말이나 해줬다면 좋았겠다는 생각이 들어서요. 그게다예요."

그가 이런 바람들을 말하는 동안 그의 예전 자아가 등잔불을 줄였고, 스크루지와 정령은 다시 바깥 공터에 나란히 서 있었다.

"내게 주어진 시간이 줄어들고 있군요." 정령이 말했다. "자, 어서!"

정령이 이 말을 스크루지에게나 자신이 보고 있는 사람 그 누구에게도 한 것은 아니었으나, 즉각 효력이 나타났다. 스크루지가 다시 자신의 모습을 보고 있었다. 그는 이제 나이가 더 들어서 인생의 한창 때였다. 그의 얼굴에는 이후 세월이 흐르면서 보이게 될 모질고 완고한 주름살들은 없었으나, 근심과 탐욕의 흔적을 드러내고 있었다. 그의 눈길에는 의욕, 욕심, 불안감이 넘쳐나는 와중에 탐욕이 깊이 뿌리를 내렸고, 거기에서 자라나는 나무가 그늘을 만들 조짐을 보였다.

그는 혼자가 아니라, 한 고운 젊은 여성 옆에 앉아 있었다. 상복 차림을 한 그녀의 눈에는 눈물이 고여 있었는데, 과거 크리스마스의 정령에게서 나오는 빛에 반사되어 영롱히 빛났다.

"이제는 별 상관없어." 그녀가 조용히 말했다. "당신한테는 진짜 상관없고, 다른 우상이 내 자리를 차지했으니까. 그리고 내가 이제 껏 그리고 싶었듯이 그것이 앞으로도 당신 기운을 북돋워주고 위로해준다면 내가 딱히 슬퍼할 마땅한 이유도 없겠지."

"어떤 우상이 당신 자리를 차지했다는 거지?"

그가 말을 받았다.

"황금 우상."

"이 세상은 참으로 공평하다니까!" 그가 말했다. "가난처럼 이 세상이 심하게 대하는 게 또 있어? 그러면서도 부를 추구하는 것을 그토록 또 준엄하게 탓하는 척을 하다니!"

"당신은 이 세상을 너무 두려워해." 그녀가 부드럽게 대답했다. "당신의 나머지 모든 희망들은 세상의 천박한 비난을 받지 않겠다는 희망에 다 파묻혀버렸고, 당신의 보다 고상한 열망들이 하나둘씩 떨어져 없어지는 걸 나는 봤어. 그러다가 오로지 모든 걸 누르는 그 열정, 소유욕만이 당신을 지배하게 됐어. 안 그래?"

"그게 어때서?" 그가 반박했다. "비록 내가 좀더 철이 들었다고

치자고. 그게 어때서? 당신에 대한 내 마음은 변함이 없잖아."

그녀는 고개를 저었다.

"아니라고?"

"우리의 언약은 오래됐지. 우리 둘 다 가난했고 거기에 만족하던 시절에 한 거고, 그리고 우리가 열심히 일해서 우리 처지를 개선시킬 때까지 기다리기로 했던 거고. 당신은 변했어. 우리가 언약을 했을 때 당신은 지금과는 다른 사람이었어."

"그땐 너무 어렸다고."

그는 짜증내듯 말했다.

"당신도 자기가 그때와는 다른 사람인 걸 알고 있잖아." 그녀가 대답했다. "나는 변함이 없어. 우리의 마음이 하나였을 때 행복을 약속했던 언약이지만 이제 우리 마음이 같지 않으니 불행만을 가득 품고 있어. 내가 얼마나 자주, 또한 얼마나 간절히 이 문제를 생각했는지는 얘기하지 않을게. 내가 많이 고민했고 이제 당신을 놔줄 수 있다는 것, 그것만을 말하고 싶어."

"내가 언제 나를 놔 달라고 한 적 있어?"

"말로는 그런 적이 없지. 절대로."

"그럼 뭘로?"

"달라진 품성으로, 달라진 정신, 또 다른 삶의 분위기, 또 다른 희망을 삶의 큰 목적으로 삼았기에, 당신에게 가치나 값어치가 있는 그 모든 것들을 내 사랑이 다르게 보고 있기에. 만약 우리 사이에 옛

언약이 없었다면," 젊은 여자는 비록 온화하기는 하나 차분하게 그를 응시하며 덧붙였다. "말해봐. 지금 나를 굳이 찾아내서 내 맘을 얻으려고 노력했을까? 아니지, 아니야!"

그는 마지못해 이런 가정의 타당성을 수긍하는 듯했다. 그러나 그는 자신과 싸우듯 말했다.

"당신이 그렇게 생각하는 거지."

"나도 할 수만 있다면 얼마든지 달리 생각하고 싶어." 그녀가 대답했다. "하늘이 아실 거야! 하지만 난 그것이 얼마나 강하고 저항할 수 없는 진실인지 알게 되었어. 당신이 오늘, 내일, 어제 나한테 묶인 처지가 아니었다면, 지참금 없는 여자를 선택했으리라고 내가 믿을 수 있겠어? 바로 나한테 속마음을 털어놓으며 모든 것을 이익으로만 재는 모습을 보여줬는데? 아니면 그런 여자를 택할 정도로 잠시 자신의 원칙을 저버렸다고 쳐도, 곧이어 당신이 후회하고 유감으로 생각할 것을 내가 모를까? 나는 그걸 알아. 그래서 당신을 놔주려는 거야. 가슴이 메어지지만, 예전의 당신을 사랑하는 마음에서."

그가 뭐라고 말을 하려는 참이었으나, 그녀는 고개를 돌린 채 말을 이어갔다.

"아마 당신도—지난 추억을 생각하면 한 반쯤은 그런 희망을 갖게 하는데—이걸로 아파하겠지. 아주, 아주 잠시 동안. 하지만 당신은 그런 기억도 쫓아버릴 거야, 기꺼이. 도무지 실익이 없는 꿈이고 깨어나길 참 잘했다고 생각하며. 당신이 선택한 이 삶에서 행복하기를 빌어!"

그녀는 그를 떠났고, 둘은 헤어졌다.

"정령님!" 스크루지가 말했다. "더 이상 보여주지 마시오! 집으로 나를 인도해주시오. 나를 고문하는 게 뭐 그리 즐겁소?"

"그림자 하나만 더!"

정령이 소리쳤다.

"제발 그만!" 스크루지가 외쳤다. "제발 그만. 더는 보고 싶지 않소. 더 이상 보여주지 마오!"

하지만 정령은 가차 없이 그를 두 팔로 꽉 잡고서는 다음에 벌어지는 광경을 지켜보도록 강요했다.

이들은 또 다른 장소와 공간에 와 있었다. 별로 크거나 멋지지 않지만 편리한 가구로 꽉 차 있는 방이었다. 겨울 벽난로 가까이에 한 아름다운 젊은 여인이 앉아 있었다. 스크루지가 방금 봤던 그 아가씨와 워낙 비슷해서 오해할 뻔했지만, 이제 그녀는 인물 좋은 중년 부인이 되어서 자기 딸 반대편에 앉아 있는 게 눈에 들어왔다. 방 안이 심하게 소란스러웠고, 거기에는 스크루지가 그의 심란한 마음 상태로 헤아릴 수 있는 것보다 훨씬 더 많은 아이들이 있었다. 이들은 시인 덕에 유명해진(윌리엄 워즈워스의 「3월에 쓴 시」를 지칭함─옮긴이) 무리들과는 달리 마흔 명의 아이들이 하나처럼 움직이는 것이 아니라 아이들 하나하나가 마흔 명은 되는 듯 행동했다. 그 결과 믿기지 않을 정도로 소란스러웠지만 아무도 개의치 않는 기색이었다. 아니, 오히려 어머니와 딸은 넉살 좋게 웃으며 이를 즐기고 있었다. 그리고 딸은 이 어린 악당들 장난하는 틈새에 같이 섞이자마자 인정사정없이 이들에게 약탈당했다. 나도 걔들 중 하나가 되어 같이 놀 수 있다면 무슨 대가인들 지불할 텐데! 나야 뭐 그렇게까지, 아니 전혀 그렇게 무례할 수야 없겠지만! 이 세상의 부를 다 준다고 해도 저 땋은 머리를 망가트리거나 흩뜨려놓지는 않았을 것이고, 내 목숨을 구하기 위해서라고 해도, 하느님께 내 영혼을 맡기고 말하건대, 저 소중한 작은 신발을 내가 벗겨내지 않았을 것이지만! 이 아이들, 이 아주 대범한 어린놈들이 하듯이 그녀의 허리를 장난삼아 두 팔로 재보는 것도, 나야 할 수 없었을 것이며, 오히려 내 팔이 무슨 벌을 받아서 둥그렇게 변한 다음 두 번 다시 곧게 펴지 못하게 될 것을 예상했겠지만. 그렇긴 해도 솔직히 말해서 그녀의 입술을 만지고 싶은 마음은 간절했고, 입술을 열 수 있었다면 질문을 던지고 싶었을 것이며, 내리깐 두 눈의 속눈썹을 바라보지만, 볼이 발갛게 달아오르게 만들지 않았을 것이고, 그녀의 느슨한 곱슬머리가 흘러내리게 만들어서 그중 1인치라도 얻어가면 값을 매길 수 없이 고귀한 기념품이 되었을 것이다. 쉽게 말해서 나는 아이의 가벼운 특권을 즐기면서도 어른으로서 그 가치를 충분히 아는 그런 처지가 되고 싶었음을 고백한다.

그때 문에서 노크 소리가 들렸고, 아이들이 허둥대며 문으로 달려가자, 씩씩거리고 왁자지껄한 아이들 한가운데서 그녀는 웃는 얼굴과 흩뜨려진 옷차림 그대로 함께 떠밀려갔는데, 바로 그 순간 아이들 아버지가 크리스마스 장난감과 선물을 가득 든 한 남자를 대동하고 집에 들어왔다. 그러고는 이이들은 온통 아우성에 발버둥치며, 또한 자신을 방어할 도리가 없는 짐꾼에게 공격을 자행했다! 의자나 사다리에 올라가서 그의 호주머니를 뒤지며 누런 종이에 싸놓은 물품들을 뺏어가고, 넥타이에 꽉 매달리고, 목을 껴안고 매달리고, 등에 연타를 날리며, 억누를 수 없는 애정으로 다리를 걷어차는 모습들이라니! 선물 보따리의 포장을 풀 때마다 환호성을 지르며 즐거워하는 모습들이라니! 아기가 장난감 프라이팬을 입 속에 넣다가 그 자리에서 들켰는가 하면 나무 접시에 풀로 붙여놓은 가짜 칠면조를 삼켰으리라는 강한 의혹을 불러일으키는 끔찍한 통보는 또 어떻고! 그게 공연한 걱정이었음이 밝혀지자 사방에서 안도의 숨을 내쉬는 모습이란! 환희, 감사, 희열! 이런 소란들은 모두 설명할 수 없이 비슷하다. 점차 아이들과 그들의 감정들이 거실 밖

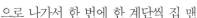

으로 나가서 한 번에 한 계단씩 집 맨 위까지 올라가 각자 침대에 들면서 이 소란들은 수그러들었다는 정도로 마무리하자.

그러자 주인장이 다정하게 기대는 딸과, 부인과 함께 벽난로 곁에 앉자 스크루지는 그 어느

때보다도 더 주의를 기울였다. 그때 스크루지는 그처럼 우아하고 장래가 촉망되는 그녀를 닮은 또 다른 존재가 자신을 아빠라고 부를 수 있었고 그의 삶의 수척한 동절기에 봄날과 같은 존재가 될 수 있었다는 생각에, 그의 두 눈은 촉촉이 젖어와 그야말로 눈이 매우 침침해졌다.

"벨." 남편이 아내를 향해 고개를 돌리고 미소 지으며 말했다. "당신 옛날 친구를 오늘 오후에 봤어요."

"누군데요?"

"알아맞혀봐!"

"내가 어떻게 알아요? 쳇, 누군지 모를까봐?" 그녀도 그가 웃자 함께 웃으며 연달아 말을 이었다. "스크루지 씨지."

"스크루지 씨 맞아. 내가 그 양반 사무실 창문 앞을 지나쳐 가는데, 아직 셔터를 내리지 않았고 안에다 촛불을 켜두고 있었으니 보지 않을 도리가 없었지. 동업자는 사경을 헤매는 중이라고 하던데, 그는 거기 혼자 앉아 있더군. 혈혈단신일 거야, 분명히."

"정령님!" 스크루지가 참담한 말투로 말했다. "나를 이곳에서 이동시켜 주시오."

"말하지 않았소. 이것들은 이미 일어난 일들의 그림자들이라고." 정령이 말했다. "과거가 그러했던 것에 대해 나를 탓하지 마시오!"

"나를 다른 곳으로 이동시켜 줘요!" 스크루지가 외쳤다. "더는 참을 수 없으니!"

그는 정령을 향해 고개를 돌렸는데 정령이 그를 바라보는 얼굴 속에는 뭔가 기이한 방식으로 이제껏 그가 자신에게 보여준 모든 얼굴들의 파편이 들어가 있음을 보고서는 스크루지의 얼굴은 고통에 일그러졌다.

"내게서 떠나시오! 나를 원래대로 데려다놓으시오. 더 이상 나를 쫓아다니지 말고!"

이렇게 다투는 과정에서, 그러니까 정령 쪽에서는 전혀 눈에 띄게 저항하지도 않았을뿐더러 상대방의 노력에 일체 요동치 않았으니 다퉜다고 할 수도 없겠지만, 스크루지는 정령의 정수리 빛이 높고 밝게 빛나는 것을 알아챘다. 순간 스크루지는 그 빛이 자신에 대한 영향력과 어렴풋이 연관될지도 모른다는 생각에, 소등용 모자를 집어서 한순간 정령의 머리에다 푹 눌러 씌웠다.

정령이 그 밑으로 주저앉았으며 모자는 몸통 전체를 덮고 말았지만, 비록 스크루지가 온 힘을 기울여 모자를 누르긴 했어도 빛을 가릴 수는 없었다. 빛은 그 아래로 새어 나와서 바닥을 흥건히 비추었다.

그는 진이 빠지고 억제할 수 없는 노곤함에 압도되는 느낌을 감지했고, 게다가 자신의 침실에 와 있는 것을 의식할 수 있었다. 그는 정령의 모자를 헤어지는 인사 겸 꾹 한 번 잡은 후 놔버렸고, 침대로 기어 들어가자마자 곧장 깊은 잠에 빠져들었다.

세 정령 중 두 번째

The Second
of the Three Spirits

엄청나게 코를 골던 도중 깨어나 침대에서 일어나 앉아 생각을 정리해보던 스크루지는 종이 다시 새로 1시를 쳤다는 통보를 받을 필요도 없었다. 스크루지는 전혀 지체 없이 자신의 의식이 되돌아온 것을 느꼈다. 그것은 제이컵 말리의 중재를 통해 그에게 보내진 두 번째 정령과 회합하려는 특별한 목적을 위한 것임을 인식했던 까닭이다. 하지만 이 새 유령이 그의 침대 커튼 중 어떤 쪽을 들출 것인지 궁금해지면서 불편한 냉기가 느껴졌다. 그래서 그는 커튼을 모조리 자기 손으로 제쳐놓고서 다시 누운 후 침대 주변 사방을 예리하게 경계하는 태세로 살폈다. 정령이 나타나는 바로 그 순간을 대비함으로써, 불의의 기습을 당해서 불안감에 사로잡히지 않을 참이었던 것이다.

　세상만사 쉽게 넘기며 사는 신사양반들은 대충 모르는 게 없다며 뻐기고 그때마다 뭐가 뜨고 잘 나가는지에 대개 정통한 터라, 자기들은 동전 던져 맞히기 놀이에서 사람 죽이기까지 온갖 모험에 나설 능력이 있다고 주장하곤 한다. 물론 이 두 모험의 극과 극 사이로 사뭇 넓고 포괄적인 항목들이 널려 있다. 스크루지가 이 정도로 배짱이 좋다고 하는 것은 다소 위험하겠지만, 그가 이상한 형상들의 출몰이라는 광범위한 분야에 있어서는 사뭇 준비된 자세였고 어린 아기에서 코뿔소까지 그를 크게 깜짝 놀라게 할 거리가 별로 없었음은 독자 여러분이 믿어도 좋다고 생각한다.

그런데 그 어떤 것이건 볼 준비가 되어 있기는 했지만 아무것도 보이지 않을 경우까지 대비한 것은 아니었기에, 시계가 새벽 1시를 쳤을 때 아무런 형체도 나타나지 않자 스크루지는 매우 극심하게 몸을 부들부들 떨기 시작했다. 5분, 10분, 그러다 15분이 지났지만 아무것도 나타나지 않았다. 그는 내내 침대에 누워 있었는데, 시계가 1시를 선언할 때 침대로 빛줄기가 흘러 들어오다가 이제 침대를 향해 정면으로 불그스름하게 타오르는 빛이 비치고 있었다. 그런데 이것이 그저 빛에 불과했기에 유령 열두 명보다도 스크루지를 더 질리게 만들었다. 이 빛이 무엇을 뜻하는지 아니면 뭘 의도하는지 파악할 수가 없었으니 말이다. 게다가 이따금 자신이 바로 그 순간 아주 흥미로운 자발적 연소의 사례가 될 수 있다는, 그걸 미리 알지도 못한 채 참담하게 당할지 모른다는 우려에 사로잡히기도 했다. 하지만 그는 마침내 생각하기 시작했는데—당신이나 내가 애초에 생각했을 법한 대로,

왜냐하면 곤경에 처해 있지 않은 사람이 늘 곤경에 어떻게 대처해야 할 것인지를 아는 법이고 또한 분명히 그대로 행동에 옮겼을 것이기에—마침내, 그러니까, 그는 이 유령 같은 빛의 원천과 비밀이 옆방에 있을 것이라는 생각에 이르렀다. 좀더 빛을 추적해보니 거기에서 빛이 발산되는 것 같았다. 온통 이 생각에 사로잡히자 그는 가만히 일어나서 실내화를 끌고 문으로 갔다.

스크루지의 손이 문고리에 닿는 순간 괴상한 목소리가 그의 이름을 불렀고 안으로 들어오라고 명령했다. 그는 그대로 따랐다.

그곳은 자기 집 자기 방이었다. 의심의 여지가 없었다. 하지만 방은 이상하게 변형되어 있었다. 벽과 천장에서 살아 있는 녹색 식물들이 주렁주렁 내려와서 완전히 무슨 숲속 같아 보였고, 가지마다 밝게 번들거리는 열매들이 주렁주렁 달려 있었다. 호랑가시나무, 겨우살이, 담쟁이덩굴의 풋풋한 잎사귀들이 빛을 반사하는데, 마치 수많은 작은 거울들이 거기에 흩어져 있는 것 같았다. 그리고 무덤덤한 돌덩이 같은 벽난로에서는 스크루지 평생 아니면 말리 생전의 수없이 많은 지난 겨울철에 도대체 본 적이 없는 힘찬 불길이 굴뚝 위로 활활 타오르고 있었다.

바닥에는 칠면조고기, 오리고기, 날짐승고기, 닭고기, 돼지편육, 큼직한 갈비, 통째로 구운 새끼돼지, 줄줄이 연결된 소시지, 민스 파이, 자두 푸딩, 통에 담긴 생굴, 뜨끈뜨끈한 군밤, 발그스레한 사과, 과즙이 찰찰 넘치는 오렌지, 먹음직스러운 배, 엄청나게 큰 십이야

케이크, 김이 펄펄 뿜어져 나오는 펀치 칵테일이 마치 무슨 왕좌처럼 수북하게 쌓여 있었고, 음식에서 풍기는 감미로운 김이 방 안을 뿌옇게 채우고 있었다. 이 의자에 한 유쾌한 거인이 편안하게 자리 잡고 앉아 있는데, 한눈에 보기에도 대단한 모습이었다. 그는 풍요의 뿔(사투르누스 축제가 기념하는 여신 세레스의 왼손에 들려 있는 것─옮긴이)과 다르지 않은 모습의 이글거리는 햇불을 들고 위로 번쩍 쳐들어서 스크루지가 살그머니 문을 돌아 들어오는 것을 비추고 있었다.

"들어오시오!" 정령이 큰 소리로 말했다. "들어오라니까! 그리고 거, 나랑 좀더 친하게 지냅시다!"

스크루지는 겁에 질려 들어왔고 정령 앞에서 고개를 숙였다. 그는 예전의 그 완강한 스크루지가 아니었고, 비록 정령의 눈이 맑고 친절했지만 그 눈과 마주치고 싶지 않았다.

"나는 현재 크리스마스의 정령이오." 정령이 말했다. "나를 보시오!"

스크루지는 공손하게 그대로 했다. 정령은 하얀 털 장식을 가장자리에 두른 단순한 녹색 통옷 내지는 망토 한 벌만 입고 있었다. 옷은 그의 몸에 워낙 느슨하게 걸쳐져서, 마치 무슨 인위적인 보호막으로 가리거나 위장하는 것을 우습게 여기는 듯 널찍한 가슴이 그대로 드러나 보였다. 넉넉하게 겹쳐진 옷자락 밑으로 보이는 그의 발역시 맨발이었고, 머리도 호랑가시나무 화환을 쓴 것 말고는 달리가린 부분이 없었으며, 화환 군데군데에는 빛나는 고드름이 달려 있었다. 갈색 곱슬머리는 길고 아무렇게나 자라나, 상냥한 얼굴과 광채 나는 눈, 쫙 편 손바닥, 쾌활한 목소리, 격의 없는 몸가짐은 즐거운 분위기와 어우러져 자유분방한 모습이었다. 허리춤에는 고색창연한 칼집을 차고 있었으나 칼은 들어 있지 않았고 칼집엔 녹이 슬어 있었다.

"아마 나 같은 인물을 이제껏 본 적이 없었나보군!"

정령이 큰 소리로 말했다.

"전혀 없소."

스크루지가 그 말에 답했다.

"우리 집 젊은 식구들하고 같이 다니거나 한 적 없으시오? 그러니까 요사이에 태어난 내 형들하고 말이오(왜냐하면 나는 매우 젊거든)."

환영은 계속 물었다.

"그런 적 없는 것 같군요." 스크루지가 말했다. "미안하지만 없는 것 같은데요. 형제가 많으신가보지요, 정령님?"

"한 1,800명도 더 될 겁니다."

정령이 말했다.

"그 많은 수를 다 먹여 살리려면 보통 일이 아니겠군!"

스크루지가 중얼거렸다.

'현재의 크리스마스 정령'은 일어섰다.

"정령님." 스크루지가 순순히 따르는 투로 말했다. "나를 어디로 건 원하는 대로 인도하시오. 지난밤에는 강제로 끌려 다녔는데 그때 얻은 교훈이 지금 효과를 내고 있군요. 오늘 밤에도 댁이 나한테 뭐든 가르쳐줄 게 있다면, 그게 나한테 도움이 되었으면 좋겠소."

"내 옷을 잡으시오!"

스크루지는 시키는 대로 옷을 꽉 쥐었다.

호랑가시나무, 겨우살이, 빨간 앵두, 담쟁이덩굴, 칠면조고기, 거위고기, 날짐승고기, 닭고기, 쇠고기, 돼지고기, 굴, 파이, 과일, 펀치는 모두 한순간에 사라졌다. 사라지기는 그 방과 벽난로, 불그스레한 광채, 새벽 1시라는 밤 시간도 마찬가지였다. 이제 이 둘은 크리스마스 아침, 시내의 어느 길거리에 함께 서 있었다. (날씨가 아주 지독했기에) 사람들은 자신들의 집 앞 도로와 지붕에서 눈을 긁어내느라 거칠지만 활기차고 그리 듣기 싫지 않은 음악소리를 만들어내고 있었고, 아이들은 지붕의 눈이 길 아래로 우르르 떨어지며 소규모 인공 눈보라처럼 펼쳐지는 광경에 정신없이 신나 있었다.

지붕을 덮은 하얀 눈의 부드러운 표면이나 바닥에 쌓여 조금 더 럽혀진 눈에 비해서 집 정면 모습은 시커멓고 창문들은 더 어두웠다. 길거리에 쌓인 눈 위로는 묵직한 수레와 짐마차 바퀴들이 밭고랑처럼 깊숙이 자국을 남겨놨고, 이 고랑들은 큰 길로 빠져나가는 길목마다 수백 번 건너고 또 건넌 자국들 때문에 정교한 수로로 변하면서 두껍게 굳은 진흙과 얼음물 사이로 자취를 감췄다. 하늘은

흐려서 침침했고 가장 짧은 골목길들도 너저분한 안개로 꽉 막혀 있었고, 좀더 무거운 안개 입자들이 반쯤 녹고 반쯤 언 채로 거무스름한 원자들의 소나기를 만들며 떨어지는 모습은, 마치 영국 전역의 모든 굴뚝들이 모두 합의하여 불을 때면서 각자 맘껏 실컷 한번 태워보자는 형국 같았다. 날씨나 도시나 뭐 딱히 즐거워할 일이 없는 것 같았지만, 가장 맑은 여름 날씨와 가장 밝은 여름 태양이 만들어낼 수조차 없는 즐거움의 기운이 사방에 감돌았다.

지붕 위에서 눈을 삽으로 퍼내는 사람들에게서는 유쾌한 분위기와 기쁨이 넘쳐났다. 난간에서 난간으로 큰 소리로 말을 걸면서 이따금씩 장난삼아 눈을 뭉쳐 서로에게 던지면서—숱한 말로 하는 농담보다도 훨씬 더 호의를 전하는 물건들이었으니—상대를 제대로 맞혀도 껄껄 웃고 못 맞혀도 마찬가지로 껄껄 웃어댔다. 닭고기와 칠면조고기를 파는 가게들은 이제 가게문을 반쯤 열어놓았고, 과일 가게들은 영광스럽게 광채를 빛내고 있었다. 성미 좋은 노신사의 조끼처럼 큼직하고 둥글둥글하고 배가 불뚝 나온 알밤 바구니들은 문에서 빈둥거리며 뇌졸중 기를 보이는 비만 상태로, 길거리로 굴러떨어지기 직전이었다. 스페인 수사들처럼 뚱뚱한 배를 번들거리면서 붉은 기가 도는 누런색 얼굴에 넓적한 스페인 양파들은 선반에 놓인 채, 내숭을 떨며 지나가는 아가씨들에게 윙크를 하거나, 위에 걸려 있는 겨우살이들에게 새침 떠는 눈길을 던졌다. 배와 사과들은 활짝 핀 피라미드로 쌓여 있었고, 가게주인의 자비심 덕분에 포도송

이는 눈에 잘 띄는 고리에 매달려 대롱거리면서 지나가는 행인들의 군침을 흘리게 하고 있었다. 촉촉하게 젖은 채 한 더미씩 쌓인 갈색 개암나무 열매가 풍기는 향기는 숲속의 옛 산책길에서 마른 잎이 발목까지 잠긴 채 즐겁게 발을 질질 끌고 다니는 기분을 연상시켰다. 오렌지와 레몬의 눈에 띄는 노란색 사이에서 땅딸하고 가무잡잡한 노퍽산産 사과의 과즙 가득한 탱탱한 몸체들은 포장지에 담아서 집으로 가져간 후 후식으로 먹어주기를 급박하게 간청하며 탄원하고 있었다. 이들 최고급 과일 사이에 진열된 금빛과 은빛의 물고기들은 비록 색이 덜 화려하고 혈통이 정체된 가문의 후손들이긴 해도, 무슨 일이 벌어지고 있는지 아는 듯 자신들의 좁은 세계를 별 열정 없는 흥분 상태로 뻐끔거리며 빙빙 돌고 또 돌았다.

식품가게, 나 원 참, 식품가게들은 또 어떻고! 거의 닫은 상태로 셔터를 아마 두어 개 아니면 한 개 정도 내렸지만, 그 사이로 보이는 광경들이라니! 저울들은 유쾌한 소리를 내며 카운터로 하강했고, 포장용 끈은 롤러에서 민첩하게 풀렸고, 양철통은 곡예사 공 던지듯 위아래로 달랑거리며 움직였다. 차와 커피향은 뒤섞여 코끝에서 맴돌았고, 고급 품종의 건포도는 넘쳐났다. 아몬드는 더할 수 없이 새하얗고 시나몬 스틱은 길게 쭉쭉 뻗었고, 다른 향료들도 정말 맛깔스러워 보였다. 녹인 설탕을 입힌 과일들을 구워 장식해놓은 모습을 보면 제아무리 냉랭한 구경꾼이라도 머리가 어지럽다가 곧이어 뿌루퉁해질 법했다. 게다가 무화과는 촉촉하고 먹기 좋게 익어 있었고, 프랑스 자두는 정교하게 장식한 통에 담겨 다소 톡 쏘는 기색으로 발그레하게 볼을 붉혔다. 무엇이든 먹음직스럽고 크리스마스 장식을 하지 않은 물건은 하나도 없었다. 그런가 하면 손님들은 그날의 희망찬 약속들에 대한 기대에 부풀어 모두들 허둥대고 문 앞에서 서로 뒤엉켜서 버들가지 장바구니끼리 심하게 서로 부딪히고, 또한 새로 산 물건을 카운터에 두고 나왔다가 다시 달려가서 가져오는 등, 수백 가지 유사한 종류의 실수들이 그보다 더 기분 좋기 어려운 분위기 속에서 연이어졌다. 한편 가게주인과 점원들은 얼마나 진솔하고 산뜻한가. 이들의 섬세한 마음가짐은 바로 뒤로 묶은 앞치마에 담겨 있어 누구나 확인할 수 있었으니, 크리스마스 철 갈까마귀들이 원한다면 꼭꼭 부리로 찍어보라고('탓할 점을 찾아내려면 해봐라'라는 뜻으로, 당시에 일반적으로 쓰인 비유—옮긴이) 하는 듯했다.

그러나 얼마 안 있어 교회첨탑이 선한 사람들을 모두 교회와 예배당으로 불러 모으는 종을 치자, 모두 가장 멋진 옷차림에 가장 활기찬 표정들로 길거리를 가득 메워 교회로 향했다. 동시에 수없이 많은 옆길, 뒷길, 이름 없는 골목길에서 셀 수 없이 많은 사람들이 명절 음식을 빵집으로 가져가고(당시의 가난한 집들은 주방 시설이 열악해서 약간의 비용을 지불하고 빵집에서 큰 음식들을 익혀오곤 했다—옮긴이) 있었다. 정령은 이들 가난한 잔치꾼들에 상당한 관심을 보이는 것 같았다. 그는 스크루지를 옆에 두고 한 빵집 출입구에서서, 음식을 가지고 오는 이들이 지나갈 때마다 음식 뚜껑을 연 후 자기가 들고 있는 등불에서 나는 향내음을 뿌려주었다. 그런데 이 등불이 아주 범상치 않아 보였다. 음식을 들고 오는 이들이 서로 부딪히며 험한 말들이 오고갈 때, 등불에서 나온 물을 몇 방울 떨어뜨려주자 이들은 금세 기분이 좋아지는 걸 보니. 그러면서 이들은 서로 "크리스마스 날에 다투는 건 수치스러운 일이지"라고 말했다. 정말 그렇다! 하느님이 사랑하시듯, 정말 그렇고말고!

시간이 흐르자 종소리는 멈췄고 빵집들은 문을 닫았지만, 그래도 여전히 이들이 가져온 음식과 그것을 굽고 있다는 훈훈한 표시가 각 빵집 오븐 위에 눈 녹은 자국들로 번져갔고, 길거리에 깔아놓은 돌들도 덩달아 익고 있는 듯 김이 솟아났다.

"정령님의 등불에서 뿌리는 그 향에 무슨 특출한 맛이라도 있나요?"

스크루지가 물었다.

"있지요. 오직 나만이 만들어낼 수 있는 맛."

"그게 오늘 같은 날에는 무슨 밥상에나 다 맛을 내주는 건가요?"

스크루지가 물었다.

"무엇이든 정을 담아 차린 것은 그렇지요. 무엇보다도 가난한 밥상은요."

"왜 가난한 밥상에 특히 그렇다는 거죠?"

스크루지가 물었다.

"가난한 사람들의 밥상에 가장 필요하니까요."

"정령님." 스크루지가 한동안 생각에 잠겼다가 말을 이었다. "참 궁금하군요. 우리 주위에 있는 이 세상 온갖 존재들 중에서 유독 당신만이 이 사람들이 순박한 즐거움을 즐길 기회를 뒤틀어놓을 생각을 한다는 게."

"내가!"

정령이 소리쳤다.

"이들이 매주 일요일마다 제대로 차려먹을 기회를 댁이 박탈하려는 거 아니오. 게다가 이날 하루 유일하게 뭘 좀 먹었다고 할 만한 사람이 대부분일 텐데 말입니다." 스크루지가 말했다. "안 그렇소?"

"내가!"

정령이 소리쳤다.

"댁은 제칠일이라고 이 빵집들을 못 열게 하려 하지 않소?" 스크루지가 말했다. "결국 그게 결과는 다 마찬가지요."

"내가 그런다고!"

정령이 소리치며 항의했다.

"내가 틀렸다면 용서하시오. 당신 이름으로, 아니면 당신네 가족 이름으로 이루어진 일이오, 그게 다."

"당신네들이 사는 이 지구 위에 우리를 안다고 주장하는 자들이 있지요." 정령이 대답했다. "그리고 그들은 열정, 자만심, 악의, 증오, 시기, 독선, 이기심으로 하는 짓들에다 우리 이름을 갖다대지만, 우리와는 가족은커녕 먼 친척도 아니오. 아예 이 세상에 태어난 것도 모를 정도로. 그걸 기억하시오. 그리고 그들이 하는 짓에 대해 그들에게 책임을 묻지, 우리한테 돌리지 마시오."

스크루지는 그러겠다고 약속했다. 그리고 둘은 이전처럼 투명인간 상태로 그 도시의 외곽 동네들을 돌아다녔다. 이 정령의 특이한점 하나는 (스크루지가 빵집에서 파악했던 것인데) 거인 같은 체구에도 불구하고 어떤 장소에건 쉽게 몸을 맞출 수 있다는 것이었다. 그는 낮은 지붕 밑에서도 아주 우아하게 초자연적 존재다운 자태로, 어디 천장 높은 홀에 와 있는 것처럼 번듯하게 서 있을 수 있었다.

이러한 능력을 과시하고 싶었는지, 아니면 자신의 친절하고 넉넉하고 다정한 심성과 모든 가난한 이들에 대한 동정심에서였는지, 이 유쾌한 정령은 곧장 스크루지네 사무원이 사는 집으로 향하고 있었다. 정령은 자신의 옷을 꽉 쥐고 있는 스크루지를 진짜 그리로 데려가서는, 대문 문지방에 도달하자 미소 지으며 잠시 멈춰서 봅 크래칫의 거처를 축복하며 그의 등불의 불빛을 톡톡 뿌려주었다. 그게 말이 되나! 봅은 겨우 일주일에 15봅('실링'이라는 뜻의 영국 서민 방언—옮긴이)밖에 못 버는데, 그는 토요일마다 자기 이름이랑 같은 돈 열다섯 개씩 챙기는 처지인데도 지금 크리스마스 정령은 이 친구의 방 네 칸짜리 셋집을 축복하다니!

그러자 안주인인 크래칫 부인이 일어섰는데, 그녀는 두 번 뒤집어 고쳐 입은 가운의 초라한 차림새이지만, 6펜스짜리치고는 제법 근사한 리본을 달고 있었다. 역시 근사한 리본을 단 둘째 딸 벨린다 크래칫이 어머니를 도와 상을 차리고 있었다. 한편 이때 피터 크래칫은 감자 삶은 냄비에 포크를 푹 담가보고 있었다. 피터는 흉물스럽게 큰 셔츠 깃(아버지 봅의 셔츠였는데, 이날을 기념하여 아들이자 상속자에게 물려준 것이다)의 끄트머리가 입에 들어갔지만, 자신이 이렇듯 말쑥한 옷차림을 한 것이 기뻐서 상류사회 공원에서 뽐내고 싶어(당시 상류사회 젊은이들은 공원에서 자신의 멋진 옷을 과시하곤 했다─옮긴이) 안달이었다. 꼬마 크래칫 남자아이와 여자아이가 쏜살같이 방으로 들어오면서, 빵집 앞에서 거위 요리 냄새를 맡았는데 그게 우리 집 요리인 줄 안다며 소리를 지르며 기뻐했다. 갖은 양념에 익힌 고기 생각에 마음이 풍족해진 이들 어린 크래칫들은 탁자 주위를 돌며 춤을 추었고, 피터 크래칫을 공중으로 번쩍 들어 올려 추켜세웠다. 피터는 (비록 셔츠 깃에 숨이 막힐 지경이긴 했으나 거만을 떨지는 않으며) 느림보 감자가 어느덧 보글보글 끓으면서 냄비 뚜껑을 시끄럽게 두들기며 어서 꺼내서 껍질을 벗겨달라고 아우성칠 때까지 입김을 후후 불어 불길을 키웠다.

"아니, 너네 훌륭하신 아버지는 도대체 어떻게 되신 거라니?" 크래칫 부인이 말했다. "그리고 너네 동생, 꼬마 팀도! 또 마사도 작년 크리스마스 날에는 30분 안에는 와 있더니?"

"여기 마사 왔어요, 엄마!"

여자아이 하나가 나타나면서 말했다.

"여기 마사 언니 왔어요, 엄마!" 두 어린 크래칫이 소리쳤다. "야호! 진짜 엄청난 거위를 굽고 있어, 마사 언니!"

"에구, 우리 착한 복덩이, 어찌 이렇게 늦었다니!"

크래칫 부인이 그녀에게 열두 번은 키스를 하고 숄과 보닛을 신이 나서 손수 일일이 벗겨주며 말했다.

"간밤에 끝내야 할 일이 엄청 밀려서요." 여자아이가 말했다. "그걸 오늘 오전에 다 해치워야 했거든요, 엄마!"

"그래! 아무렴 어떠니, 왔으면 됐지." 크래칫 부인이 말했다. "불가에 앉아 몸 좀 녹이렴, 애야. 복 받을 우리 딸!"

"안 돼, 안 돼요! 아빠가 오고 계시잖아요."

두 어린 크래칫이 소리를 질렀다. 이 아이들이 참견하지 않는 일이 없었다.

"숨어, 마사 언니, 숨어!"

마사가 몸을 숨기자, 몸집이 왜소한 아버지 봅이 문으로 들어왔다. 봅은 목도리를 끝자락 빼고도 한 석 자는 앞으로 늘어뜨리고, 꿰매고 털어낸 자국들 때문에 제철에 맞는 옷으로 좀처럼 보기 힘든 다 해진 옷차림을 하고서, 꼬마 팀을 어깨에 태우고 있었다. 저런, 꼬마 팀은 작은 목발을 들고 있고 두 다리는 보철로 받쳐져 있구나!

"우리 마사는 어디 있지?"

봅 크래칫이 큰 소리로 주위를 둘러보며 말했다.

"못 온대요."

크래칫 부인이 말했다.

"못 온다니! 크리스마스 날에 못 온다고!"

봅은 들떴던 기분이 갑자기 푹 꺼지듯 말했다. 그는 교회에서부터 계속 팀을 태운 준마역할을 했기에 혈기가 올라 과격해진 상태로 귀가했던 것이다.

마사는 비록 장난이긴 해도 아빠가 실망하는 모습을 보고 싶지 않아서, 옷장 문 뒤에서 얼른 뛰어나와 아버지의 품에 안겼다. 한편 두 어린 크래칫들은 꼬마 팀을 빼앗아서 빨래방으로 데려가서 구리 솥(크래칫 부인은 크리스마스 때를 제외하면 이 솥을 빨래 삶는 용도로 사용했기 때문에 빨래방에 설치해 놓았다―옮긴이)에서 푸딩그릇이 동동거리는 소리를 들려주었다.

"우리 어린 팀은 어땠어요?"

아빠가 딸을 맘껏 안아준 후, 남편이 속아 넘어갔다고 놀리던 크래칫 부인이 물었다.

"최고였지." 봅이 말했다. "더 바랄 게 없을 정도였어요. 혼자 앉아 사색에 잠기곤 하더니, 정말 엉뚱한 생각을 하더군. 오늘은 집에 오는 길에 나한테 이러더라고. 자기가 절름발이이기 때문에 교회에서 크리스마스 날에 사람들이 자기를 보고서는 절름발이 걸인들을 걷게 하고 맹인들의 눈을 뜨게 해준 그분을 기억하며 기분이 좋았기를 바란다는 거요."

이 얘기를 하는 봅의 목소리는 떨리고 있었다. 꼬마 팀이 건강하고 씩씩해질 거라는 말을 하면서는 더 떨렸다.

꼬마 팀의 활달한 꼬마 목발이 바닥에 닿는 소리가 들리자, 한마디 말이 더 오고가기 전에 형과 누나는 꼬마 팀을 부축해 불가 자리에 앉혔다. 봅이 셔츠 소매를 걷어붙이고—참 나, 안쓰럽게도 셔츠가 더 닳을 여지가 있기라도 한 듯—뜨거운 물이 담긴 주전자에 진과 레몬을 넣고는 빙빙 저어서 섞더니 화로 위에 올려 데우기 시작했다. 이때 동에 번쩍 서에 번쩍하는 두 어린 크래칫은 거위 요리를 가지러 갔다가 이내 거창한 걸음걸이로 요리를 들고 왔다.

어찌나 난리법석이 이어지는지, 누가 보면 거위란 게 세상에서 가장 희귀한 새로, 마치 검은 백조처럼 깃털 달린 진기한 새라도 되는 것처럼 생각할 정도였고, 실제로 그 집에서는 거의 그런 급이기는 했다. 크래칫 부인은 (미리 자그마한 냄비에 준비해놓은) 소스를 쉿쉿 소리 나도록 펄펄 끓였고, 피터는 믿기 어려울 정도로 기운차게 감자를 으깼으며, 벨린다는 사과소스를 더 달게 만들었고, 마사는 고기 담을 그릇의 먼지를 닦았고, 봅은 식탁의 자그마한 끄트머리, 자기 옆자리로 꼬마 팀을 앉혔고, 두 어린 크래칫은 모든 사람들이 앉을 의자를, 물론 자기들 것도 빼지 않고 갖다놓았고, 각자 위치에서 보초를 서면서 자기들 차례가 오기 전에 거위 요리를 달라는 비명을 지르지 않으려고 입에 숟가락을 꽉 물고서 참았다. 마침내 요리 접시들을 식탁에 차려놓고 감사기도를 올렸다. 이어서 숨 막히는 정적 속에서 크래칫 부인은 고기 자르는 칼을 위아래로 서서히 점검한 후 거위의 가슴을 푹 찌를 준비를 했다. 고기에 칼을 찔러넣자 오래 기다리던 거위 속이 후르르 밀려나왔고, 식탁 주위로 환희의 울림이 낮게 퍼졌다. 심지어 두 어린 크래칫에게 자극받은 꼬마 팀도 나이프 손잡이로 탁자를 쿵쿵 두드리며 갸날프게 "야호!" 소리를 냈다.

세상에, 그런 거위가 어디 또 있을까. 봅은 이런 거위를 요리한 적은 이제껏 없었다고 말했다. 육질, 향, 크기, 저렴함은 모든 이들이 탄복할 만했다. 고기에 사과소스와 으깬 감자를 곁들이니 온 식구가 충분히 먹을 만한 식사가 되었다. 실제로 크래칫 부인은 크게 기뻐하며 (접시 위에 극히 조그마한 뼈 하나를 살펴보면서) 결국 다 못 먹고 남았다고 말할 정도였다. 하지만 모두 다 양껏 충분히 먹었다. 특히 막내 크래칫은 세이지와 양파 때문에 눈썹까지 푹 젖을 정도로! 이제 벨린다가 접시들을 치우자 크래칫 부인은—누가 지켜볼까 불안해하면서—푸딩을 가져오려고 홀로 방을 나갔다.

푸딩이 혹시 덜 익었으면 어쩌나! 혹시 꺼내다가 망가지면 어쩌나!

혹시 거위 요리랑 즐거운 시간을 보내는 동안, 누가 뒤뜰 담을 넘어 와서 푸딩을 훔쳐갔으면 어쩌지!—이런 걱정에 두 어린 크래칫은 하얗게 질린다—온갖 끔찍한 생각이 다 들었다.

이것 좀 봐! 엄청 김이 나는데! 푸딩을 솥에서 꺼낸 거야. 빨래 삶을 때 나는 냄새 같아, 꼭! 그건 천 냄새잖아. 음식점이랑 파이 굽는 집이 나란히 붙어 있고 그 옆에 세탁소도 있는 것 같은 냄새! 아니야, 푸딩 냄새. 채 30초도 되기 전에 크래칫 부인이 상기된 얼굴로 자랑스럽게 미소 지으며 푸딩을 들고 왔다. 푸딩은 마치 점을 수놓은 대포알인 듯 단단하며 딱딱했고, 브랜디 8분의 1파인트에 불을 붙여서 불빛이 이글거리며 크리스마스 호랑가시나무를 맨 위에 쏙 박아 장식해놓은 모양이었다.

아, 멋진 푸딩이야! 봅 크래칫이 말했다. 게다가 아주 차분하게 그는 이제껏 결혼생활에서 크래칫 부인이 만든 최고의 푸딩이라고 평가했다. 크래칫 부인은 이제 마음의 짐을 벗어던졌고, 밀가루 양을 제대로 맞췄는지 염려된다는 고백을 했다. 모든 사람들이 여기에 대해 뭐라고 할 말은 있었으나 많은 식구가 먹기에 작은 푸딩이라고 아무도 푸념하지도 그렇게 생각하지도 않았다. 그랬다가는 완전한 배반자가 될 터였다. 크래칫 가문의 그 누구건 그런 눈치라도 비치는 것을 수치로 생각했을 것이다.

마침내 식사가 끝나고 식탁보를 치운 뒤 벽난로를 청소하고 불길을 키워놓았다. 주전자 안에 있는 음료를 맛보며 완벽하게 데워졌다고들 했고, 사과와 오렌지를 탁자에 놓고 불 위에는 밤을 한 움큼 얹어놓았다. 그러고는 크래칫 가족 모두 불가에 모여앉아서, 밥 크래칫 말대로 원을, 그러니까 반원을 만들었다. 밥의 팔꿈치 옆에는 그 집안의 유리잔 세트가 놓여 있었다. 잔 두 개와 손잡이 없는 커스터드 컵이었다.

이 컵들은 황금잔 못지않게 주전자의 뜨거운 음료를 잘 담아냈다. 밥은 싱글싱글 웃으며 잔에 음료를 따라서 나눠줬다. 밤은 불 속에서 딱딱거리며 시끄럽게 구워지고 있었다. 그러고는 밥이 제안했다.

"자, 우리 식구들 모두, 메리 크리스마스! 하느님이 우리를 축복하시기를!"

모든 식구가 이 말을 따라 외쳤다.

"하느님이 우리 모두를 축복하시기를!"

꼬마 팀이 제일 마지막으로 말했다.

꼬마 팀은 아버지 곁에 바싹 다가가 자기의 작은 의자에 앉아 있었다. 밥은 아이의 가냘픈 작은 손을 잡았다. 그가 이 아이를 사랑하기에 늘 곁에 두기를 바라며 행여나 누가 아이를 데려가기라도 할 듯이.

"정령님, 꼬마 팀이 계속 살지 알려주시오."

스크루지가 전에는 전혀 느껴본 적 없는 관심을 보이며 말했다.

"자리가 하나 빈 게 보이는데요." 정령이 대답했다. "저기 가엾은 굴뚝 쪽 구석에 주인 없는 목발도요. 아주 잘 보존해놓았군요. 만약

이 그림자들이 미래에도 그대로 변하지 않는다면, 저 아이는 죽을 것입니다."

"안 돼요, 안 됩니다. 아니, 안 돼요, 자비로우신 정령님! 아이가 죽지 않을 것이라고 말해주시오."

"만약 이 그림자들이 미래에도 그대로 변하지 않는다면, 우리 정령 중 그 누구도 이곳에서 저 아이를 발견하지 못할 것이오. 그런들 어떻소? 죽어야 할 것 같으면 차라리 죽는 게 낫지 않겠소, 잉여인구도 줄일 겸."

정령이 대답했다.

스크루지는 정령이 자기가 했던 말을 인용하는 것을 들으며 고개를 숙였고, 뉘우침과 애통함에 압도되었다.

"이보시오, 인간." 정령이 말했다. "댁이 돌덩어리가 아니라 인간이라면 '잉여'라는 게 무엇이고 그게 어디 있는지 발견하기 전에는 그 사악한 괴담은 좀 자제하시오. 어떤 사람이 살고 어떤 사람은 죽어야 할지를 당신이 정하겠다는 거요? 천국에서 바라볼 때는 이 가난한 사람의 아이와 같은 수백만 명 인간보다 당신이 훨씬 더 가치가 없고 살 자격이 없는 존재일지도 모르는 일이오. 아, 하느님! 잎사귀에 붙어 있는 버러지가 티끌 먹고 사는 자신의 가난한 형제들이 너무 많다고 선언하는 꼴 좀 들어보소서!"

스크루지는 정령의 꾸지람을 들으며 고개를 숙인 채 두려움에 떨며 바닥만 쳐다보았다. 그러나 그는 자신의 이름을 듣자 재빨리 고개를 쳐들었다.

"스크루지 영감님을 위해!" 봅이 말했다. "만찬을 준비해준 스크루지 영감님을 위해 건배!"

"뭐, 만찬을 열게 해줬다고!" 크래칫 부인이 얼굴을 붉히며 소리쳤다. "지금 여기 좀 와 있었으면 좋겠어요. 내가 아주 그 사람한테는 한바탕 잔치거리를 만들어줄 만큼 할 말이 많으니까. 그리고 그걸 잘 받아먹을 만큼 식욕이 좋기를 바란다고요."

"여보. 아이들 앞인데! 또 크리스마스 날이고."

"물론 그렇지요. 크리스마스 날이니까. 스크루지 영감처럼 그런 흉측하고 쩨쩨하고 단단히 굳어 있고 매정한 인간을 위해 건배를 하지요. 그가 어떤 사람인지, 로버트, 잘 알잖아요! 당신보다 그를 더 잘 아는 사람이 어디 있어요, 가엾은 양반!"

"여보. 크리스마스 날이잖아요."

봅이 온화하게 말했다.

"당신을 위해서, 그리고 오늘은 날이 날이니까 그 사람을 위해 건배를 하겠지만요." 크래칫 부인이 말했다. "진심은 아니에요. 오래오래 사시길! 즐거운 크리스마스와 기쁜 새해를 맞으시길! 아주 즐겁고 아주 기쁘시겠지, 아무렴, 분명히 그럴 거예요!"

아이들도 엄마를 따라 건배를 했다. 이것은 오늘 만찬에서 처음으로 전혀 진심이 담기지 않은 순서였다. 꼬마 팀은 마지막으로 건배를 했지만 그 사람에 대해서는 어림 반 푼어치 관심도 보이지 않았다. 스크루지는 이 가정의 괴물이었다. 그의 이름만 거론했는데도 파티에 어두운 그림자가 드리워졌고 5분이 지나서야 그 분위기가 거둬졌다.

그 그림자가 거둬지고 나서 이들은 이전보다 열 배는 더 즐거워했다. 순전히 그 유해한 스크루지란 존재의 짐을 털어냈기 때문에. 밥 크래칫은 피터의 일자리 하나를 봐둔 게 있는데, 그 일을 하면 매주 무려 5실링 6펜스는 더 벌 수 있을 것이라고 했다. 두 어린 크래칫은 피터가 사업가가 된다는 생각에 크게 웃음을 터뜨렸고, 피터는 사색에 잠겨 셔츠 깃 사이로 화롯불을 바라보았는데, 마치 그가 이 당혹스러운 수입을 손에 쥐고 나면 어떤 특정 투자처를 선택할지 고심하는 듯했다. 바느질 공장의 가난한 견습생인 마사는 자신이 해야 하는 작업이 어떤 일인지, 또 한 번에 몇 시간씩 계속 일을 해야 하는지 얘기하면서, 내일은 쉬는 날이니 아침에 아주 늦게까지 푹 잘 작정이라고 했다. 또한 마사는 며칠 전에 백작 부인이랑 귀족 남자를 봤는데 남자의 "키가 피터 정도였다"고 하자, 이 대목에서 피터가 셔츠 깃을 어찌나 높이 올려 세웠는지 당신이 자리에 같이 있었더라도 그의 머리를 볼 수 없었을 것이다. 그러는 동안 군밤과 주전자는 끊임없이 식구들 사이를 돌고 돌아 이제 꼬마 팀이 노래 한 곡조 뽑을 차례가 되었는데, 그는 한 어린아이가 눈길에 여행하다 길을 잃었다는 가사로, 아주 작고 애절한 목소리로 제법 잘 불렀다.

딱히 주목할 만한 게 없는 가족이었다. 이들은 별로 잘생긴 가족도 아니었고 옷차림이 근사한 것도 아니었다. 신발은 방수가 되지 않았고 옷은 얇았다. 피터는 아마 전당포에 들를 가능성이 매우 컸으리라. 하지만 이들은 행복해하고 서로에게 감사하며, 서로 기뻐하며 명절을 만족스럽게 보냈다. 그리고 이들의 모습이 흐려지면서 정령의 등불이 헤어질 때 뿌려주는 불빛 속에서 더 행복해 보이자, 스크루지는 이들에게서 눈을 뗄 수 없었고 특히 꼬마 팀을 마지막까지 응시했다.

이제 날은 어두워졌고 눈이 제법 많이 내리고 있었다. 스크루지와 정령이 걸으면서 들여다본, 길거리에 늘어선 집들의 부엌과 거실, 수많은 방에서 활활 타오르는 불의 광채가 장관이었다. 한 집에서는 불길이 언뜻언뜻 솟아오르면서 아주 따듯한 밥상을 준비하는 모습이 보였는데, 화로 앞에다 그릇을 수북이 쌓아서 데우는 중이었고, 추위와 어둠이 못 들어오게 묵직한 붉은 커튼을 치려는 중이었다. 다른 집에서는 결혼한 누이, 형, 사촌, 삼촌, 이모들을 서로 먼저 맞으려고 아이들이 모조리 눈길로 달려 나왔다. 또 다른 집에서는 손님들이 모여드는 그림자가 보였고, 한 집에서는 예쁜 아가씨들이 모두 후드를 쓰고 털 부츠를 신고서는 수다를 떨며 가벼운 걸음으로 이웃집에 가는 중이니, 이 아가씨들이 눈부시게 들어오는 모습을 보는 총각들로서는 불행의 시작일 줄을, 이 여우들이 모를 리 있나!

하지만 친교 목적으로 이동 중인 사람들이 얼마나 많은지, 이들을 맞이할 집마다 아무도 없으리라고 생각될 정도였지만, 굴뚝이 반쯤 터지도록 불을 때며 손님 맞을 준비를 하고 있었다. 참으로 축복받을 일이라며, 정령은 얼마나 기뻐했는지! 정령은 널찍한 가슴을 열어젖히고 큼직한 손바닥을 쫙 펴고 붕붕 떠다니며 밝고 탈 없는 환희를 손이 닿는 이 모두에게 어찌나 넉넉하게 듬뿍듬뿍 뿌려주는지! 어딘가 저녁 모임에 가려고 옷을 차려입은 가로등 점화원은 땅거미 진 거리에 불빛의 점을 찍어대며 이들 앞으로 뛰어다니다, 정령이 지나치자 껄껄 큰 소리로 웃어댔다. 크리스마스 날이라는 것만 알았지, 자기 곁에 누군가 있다는 것은 알지도 못하면서!

자, 이제 정령으로부터 아무런 경고의 말도 없이 이 둘은 황량하고 인적 없는 벌판에 서 있었다. 여기에는 거친 바위들이 흉물스럽게 흩어져 있어, 마치 거인들의 무덤인 것 같았으며, 물길은 자기들 마음대로 마구 퍼져 나갔고—아니 서리가 물길들을 죄수처럼 가두지 않았다면 그렇게 했을 것이지만—아무튼 여기에는 이끼와 금작화, 거칠고 고약한 잡풀 외에는 자라는 식물이 없었다. 서쪽 하늘에는 지는 해가 불길 같은 붉은색을 한 줄 남겨놓더니, 이 적막한 광경을 한순간, 마치 뿌루퉁한 눈길처럼 흘겨보며 점점 더 낮게 더 낮게 내리깔리다가 마침내 칠흑 같은 짙은 어둠 속으로 사라져버렸다.

"여기가 어디지요?"

스크루지가 물었다.

"광부들이 사는 곳입니다. 땅의 배 속에 들어가서 고생하는 이들 말이오." 정령이 대답했다. "그러나 이들도 나를 알지요. 보세요!"

한 오두막의 창문에서 불빛이 보이자 이들은 날쌔게 그쪽으로 갔다. 진흙과 돌로 만든 벽을 통과해 들어가자 사람들이 기분 좋게 이글거리는 불가에 둘러앉은 모습이 보였다. 몹시 나이가 많은 노부부와 그들의 자녀들과 또 자녀들의 자녀들, 또 그다음 세대까지 모두 화사한 명절 옷차림이었다. 노인은 크리스마스 캐럴을 후손들에게 불러주는데, 집 밖 황량한 들판의 으르렁거리는 바람 소리를 누르는 법은 거의 없었지만 그의 소년 시절 때 불렀던 아주 오래된 노래였고 이따금씩 가족들이 합창으로 화답했다. 이들이 목소리를 높이면 영락없이 노인의 목청도 신이 나서 커졌다가, 이들이 멈추면 그의 기운은 영락없이 다시 수그러들었다.

정령은 여기에 오래 머물지 않으려 했고 스크루지에게 자기 옷을 붙잡으라고 하더니 곧장 들판 위를 지나갔다. 어디로 가는 걸까? 바다는 아니겠지? 그렇다, 바다로 간다. 스크루지가 공포에 떨며 뒤돌아보니 육지 끝으로 섬뜩한 바위 산맥이 보였고, 천둥 치듯 쏟아지는 물소리에 귀가 멍멍해질 정도로, 물은 부딪히고 부딪혀서 자신들이 만들어놓은 흉측한 동굴 속으로 치고 들어가서 사납게 으르렁대며 땅을 밑에서부터 무너뜨리려 하고 있었다.

연안에서 10마일 남짓 떨어진, 1년 내내 성난 파도가 냅다 처대는 험한 시간을 보내느라 푹 꺼진 어느 암초 위에 적막한 등대가 서 있었다. 엄청난 양의 해초 더미가 아래쪽 토대에 달라붙어 있었고, 바다뻐꾸기는 험한 바다가 해초를 낳은 듯 바다 폭풍이 낳은 듯, 그

주위로 솟았다 떨어지곤 하는 것이, 마치 이들이 그 위로 스치듯 날리는 파도와 같은 모습이었다.

그러나 심지어 이곳에도 등대의 보초를 서는 두 사람은 불을 지피고 있었고, 두꺼운 돌벽에 난 작은 구멍을 통해 한 줄기 밝은 빛이 무시무시한 바다 위로 새어나오고 있었다. 이들이 앉아 있는 거친 탁자에서 굳은살 박인 손을 서로 마주 잡고 그로그 캔으로 건배하며 메리 크리스마스 인사를 나누고 있었다. 둘 중 연장자는 험한 기후로 마치 오래된 뱃머리에 달린 장식처럼 온통 망가지고 상처투성이인 얼굴을 하고, 폭풍 그 자체와 비슷한 우람한 노래를 한 자락 불러댔다.

정령은 또다시 출렁대는 어두운 바다 위를 계속해서 쏜살같이 날아가더니, 마침내 스크루지한테 말해준 대로 육지에서도 한참 떨어진 배 위에 내려앉았다. 그들 옆에는 방향을 잡고 있는 키잡이, 뱃머리에서 망보는 선원, 당직 간부들이 서 있는데, 각자 자기 위치에서 어둡고 유령 같은 모습들로 자리를 지키고 있었지만, 그래도 이들 모두 크리스마스 곡조를 하나씩 흥얼대거나 크리스마스 생각을 하거나, 조용히 목소리를 낮춰 동료에게 지난날의 크리스마스 얘기를 하며 고향에 돌아갈 희망에 젖어 있었다. 또한 배에 타고 있는 사람들은 깨어 있거나 잠이 들었거나, 선한 자이거나 악한 자이거나, 모두 한 해의 그 어떤 날보다도 그날만은 상대에게 뭔가 다정한 말을 했었거나, 명절 축제에 어떤 식으로건 동참했거나, 멀리 떨어진 사

A Christmas Carol

랑하는 이들에 대한 기억을 떠올렸거나, 사랑하는 이들이 그들 생각을 하며 그리워할 것임을 알았다.

바람의 신음소리를 들으며 알지 못하는 심연 속으로, 그 심연이 얼마나 깊은지는 죽음만큼이나 심오한 비밀인 그런 곳을 돌아다니는 것이 무척 숙연한 일이라는 생각으로 정신이 없을 때 어디선가 들리는 껄껄대는 웃음소리에 스크루지는 매우 놀랐다. 게다가 더 놀랍게도, 이것이 자기 조카의 웃음소리이고 자신이 밝고 보송보송하고 번들번들 빛나는 방 안에 와 있으며 정령이 옆에 서서 싱글거리는 미소로 바로 그 조카를 상냥하게 바라보며 만족해 하고 있다니!

"하하! 하하하!"

스크루지의 조카가 웃었다.

혹시 당신이 스크루지의 조카보다도 더 기분좋게 웃는 사람을 안다면, 어디 그 사람 나한테도 좀 소개시켜 주기 바란다. 나한테 인사를 좀 시켜주시면 내가 그 사람과 친하게 지낼 작정이니까.

사물의 정당하고 공정하고 고귀한 이치에 의하면, 질병과 슬픔도 전염되지만 이 세상에서 웃음과 좋은 유머처럼 불가항력으로 상대를 감염시키는 것도 없다. 스크루지의 조카가 이런 식으로 웃으며 고개를 끄덕거리고 얼굴을 과장되게 일그러뜨리자, 스크루지의 조카며느리도 신랑 못지않게 깔깔 웃어댔다. 거기 모인 다른 친지들도 뒤질세라 힘차게 찌렁찌렁 웃었다.

"하하! 하하하하!"

"크리스마스가 개소리라고 그랬다니까, 진짜 거짓말이 아니고! 게다가 진짜로 그렇게 믿고 있어!"

스크루지의 조카가 외쳤다.

"그렇다면 더 망신이네요, 프레드!"

스크루지의 조카며느리가 분노하는 투로 말했다. 여성들은 진짜 복받을 존재들이다. 뭐든지 대충 넘어가는 법이 없고, 늘 확실하니 말이다.

조카며느리는 매우, 아주 대단히 예뻤다. 쏙 들어가는 보조개와 깜짝 놀라는 듯한 표정에 입맞춤을 하고 싶다는 생각이 들 정도로 탐스러운 작은 입, 분명 사실이 또 그랬을, 그녀가 웃을 때 녹아서 서로 뒤엉키는 턱 주위에 나 있는 온갖 작고 뚜렷한 점들, 그 어떤 자그마한 존재의 얼굴에서나 볼 수 있는 것 가운데 가장 빛나는 두 눈을 갖고 있었다. 한마디로 그녀는 소위 시선을 끄는 그런 여자였지만, 전적으로 더 바랄 게 없는 여자이기도 했다. 아, 더 바랄 게 없는 완벽한 존재.

"삼촌이 웃기는 영감님이긴 해." 조카가 말했다. "그건 사실이야. 그리고 정도 이상으로 남을 불쾌하게 대하시지. 하지만 그분이 저지르는 잘못이 그 자체로 벌이니까, 나는 뭐 더 이상 그분에 대해 뭐라고 할 말은 없어."

"아주 부자시잖아, 프레드." 조카며느리가 넌지시 지적했다. "자기가 늘 나한테 그렇다고 말했었잖아."

"그러면 뭐해, 여보!" 조카가 말했다. "삼촌의 돈은 본인한테 아무런 쓸모가 없어. 그래봤자 뭐 남는 게 있어. 그 덕에 팔자가 편해.—하하하!—행여 우리한테 조금이라도 뭘 보태줄 생각을 해보려 맘 먹은 적도 없으실 테고 말이야."

"나는 삼촌을 참을 수가 없어요."

조카며느리가 의견을 말했다. 조카의 처제들과 그밖에 다른 숙녀들도 똑같은 견해를 피력했다.

"아, 난 그래도 달라!" 조카가 말했다. "난 삼촌이 안쓰러워. 그래서 화를 내려고 해도, 낼 수가 없어. 고약하게 굴어대서, 누가 고생해? 본인이지, 항상. 자, 삼촌은 우리를 싫어한다는 생각을 머릿속에 넣고서는 우리랑 같이 식사하자니까 안 오시겠다는 거야. 그 결과는? 뭐 오셨다 해도 식사가 뭐 그리 대단할 건 없었겠지만."

"아니야, 식사가 제법 대단했다고 난 생각해."

조카며느리가 조카의 말을 끊었다. 나머지 사람 모두 똑같은 말을 했는데, 이들은 방금 식사를 마쳤으니 사뭇 유능한 심사위원들임을 인정해야 할 것이었다. 그들은 등불 아래 불가에 옹기종기 모여앉아 후식을 들었다.

"아 그래! 그거 참 매우 반가운 얘기군." 조카가 말했다. "왜냐하면 나는 어린 살림꾼들의 요리 솜씨를 크게 신뢰하지 못했었어. 어이, 토퍼, 근데 자네 생각은 어때?"

토퍼는 총각이라 그런 주제에 대해 의견을 피력할 권한이 없는 미천한 존재라며 말을 돌리는 걸 보니, 조카며느리 여동생 중 하나한테 맘이 있는 게 분명했다. 그러자 조카며느리의 여동생, 그러니까 장미 무늬 말고 레이스 주름장식 옷을 입은 통통한 처제가 얼굴을 붉혔다.

"어서 마저 말을 해요, 프레드." 조카며느리가 손뼉을 치며 말했다. "저이는 무슨 말을 시작해놓고 만다니까 늘! 정말 웃기는 사람이야!"

조카는 또 한 번 웃음보를 터뜨렸는데, 그 전염효과를 억제할 수 없는 터라, 비록 통통한 처제가 향수용 식초로 방어를 해보려 했지만 그가 시작한 웃음을 모두 다 따를 수밖에 없었다.

"내가 하려고 한 말은." 조카가 말했다. "삼촌이 우리를 싫어하기로 하고 우리랑 즐겁게 어울리지 않으시기로 한 결과, 내 생각엔 즐거운 순간들을 좀 놓치고 말았다는 거지. 이게 삼촌 본인에게 해가 될 게 전혀 없는데도 말이야. 본인의 생각들이나 곰팡이 슨 낡은 사무실이나 아니면 먼지 풀풀 나는 자기 집 방에서야 전혀 찾을 수 없는, 기분 좋은 동료들을 잃어버리셨다고 난 믿어. 나는 삼촌한테 매년 똑같은 기회를 드릴 작정이야, 그걸 좋아하시건 말건. 그 어른이 참 안쓰럽게 생각되니까. 그분이 돌아가실 때까지 크리스마스에 대해 욕을 할지도 모르지만, 내가 매년 즐거운 기분으로 거기 가서, 스크루지 삼촌 안녕하시지요? 하고 인사를 한다면, 내가 분명히 장담하지만 언젠가는 생각이 바뀌실 수밖에 없을 거야. 그런 덕에 기분이 좀 변해서 자기의 그 가엾은 사무원한테 50파운드라도 남겨준다면, 그것만도 대단한 거 아냐? 어제 내가 좀 삼촌을 흔들리게 한 것 같아."

조카가 스크루지를 흔들어놓았다는 생각에 대해서 이제 나머지 사람들이 웃을 차례가 되었다. 하지만 조카는 워낙 성격이 좋아서 이들이 뭣 때문에 웃건 별로 개의치 않았기에, 계속 더 웃고 즐거워하라고 부추기며 유쾌하게 술병을 돌렸다.

후식을 먹은 후 이들은 노래를 불렀다. 이들은 음악을 좀 하는 가족이었기에 글리나 캐치를 부를 때면 제대로 각자의 몫을 해냈다. 내가 확실히 단언하는데, 특히 토퍼는 아주 제대로 베이스를 쩌렁쩌렁 불러대면서도, 이마에 핏줄이 서거나 얼굴이 빨개지는 법이 없었다. 조카며느리는 하프를 곧잘 켰다. 그런데 여러 곡조 중에서 아주 간단한 노래 하나는(별 대단한 곡은 아니고, 당신이 한 2분이면 배워서 휘파람으로 부를 수 있는 정도일 것이지만) 스크루지를 기숙학교에서 집으로 데려오려고 왔던 여자아이가 즐겨 부르던 노래였기 때문에 스크루지는 지난 과거의 크리스마스 정령이 떠올랐다. 이 노랫가락이 흘러나오자 정령이 보여줬던 모든 것들이 스크루지의 뇌리를 파고들어 점점 더 누그러져서는, 여러 해 전에 이 노래를 자주 들을 수 있었다면, 제이컵 말리를 파묻은 묘지기의 삽에 의존하지 않고서 몸소 자신의 행복을 직접 챙겼으리라고 생각했다.

이들이 저녁 시간을 모두 노래에만 할애한 것은 아니었다. 얼마

후에 알아맞히기 놀이를 했다. 어린아이인 것이 유리할 때도 있는 법, 다른 어떤 때보다도 크리스마스가 그렇다. 이 축제의 막강한 창시자 본인이 어린 아기였으니. 잠깐! 먼저 장님놀이를 한 판 해야지. 물론 그랬다. 나도 토퍼가 진짜로 눈을 잘 가렸다는 건 사실이 아니라고 믿는 편이다. 그의 눈이 신발 속에 달려 있을 리 없는 것과 마찬가지로 말이다. 내 의견으로는 분명히 토퍼랑 스크루지의 조카 둘이 미리 약속을 했을 것이고 '현재의 크리스마스 정령'도 이것을 알고 있었다. 그가 레이스 장식 옷을 입은 통통한 아가씨만을 쫓아다니는 모습은 아무리 순진한 사람도 의아하게 생각할 만했다. 화로 앞 부지깽이를 쓰러뜨리고 의자를 차서 뒹굴게 만들고 피아노에 쿵 부딪치고 커튼에 감겨 숨을 못 쉬면서도, 토퍼는 통통한 처제가 가는 쪽으로 늘 따라갔다! 그는 늘 그 처제가 어디 있는지 알았다. 그는 다른 사람은 잡을 생각을 안 했다. 만약 당신이 일부러 (몇몇이 실제로 그렇게 했듯이) 떠밀려 그 친구의 정면에 서 있더라도 그는 당신을 잡으려 애쓰는 시늉만 하면서 당신의 상식을 뒤엎고 곧장 통통한 처제 쪽으로 옆걸음쳤을 것이다. 그녀는 수차례 이것은 반칙이라고 항의를 했다. 사실 그것은 반칙이었다. 하지만 마침내 그가 그녀를 붙잡으려는 찰나 그녀가 살며시 달아나

A Christmas Carol

며 재빨리 비켜갔지만, 결국에는 탈출구가 전혀 없는 코너에 몰려 그에게 붙잡혔을 때, 그의 행동은 지극히 밉살스러웠다. 그는 그녀가 누구인지 모르는 척하면서, 그녀의 머리 장식을 만져봐야만 한다는 핑계를 대는 꼴이며, 그녀가 누구인지 알아맞히기 위해서는 그녀가 낀 반지와 목걸이를 더듬어봐야 한다고 수작을 떠는 꼴이 어찌나 사악하고 흉물스러운지! 또 다른 장님이 술래가 되었을 때 이 둘이 커튼 뒤에 숨어서 아주 은밀하게 있었을 테니, 분명히 그녀도 거기에 대한 자신의 견해를 그 친구에게 전해주었겠지.

조카며느리는 장님놀이 판에 끼지 않았고, 대신 아늑한 구석에 놓인 큼직한 의자에 앉아 발판에 발을 올리고서 안락하게 쉬었다. 바로 그녀 뒤에 정령과 스크루지가 서 있었다. 하지만 그녀는 알아맞히기 놀이에는 동참하여 문장 잇기 놀이를 처음부터 끝까지 훌륭하게 해냈다. 마찬가지로 그녀는 어떻게, 언제, 어디서 놀이에서도 크게 활약을 했는데, 그녀가 동생들한테 완승을 거두는 모습에 스크루지의 조카는 내심 신이 났다. 토퍼가 나서서 장담했듯이, 처제들도 아주 똑똑한 아가씨들이었는데도 말이다. 거기에 모인 사람은, 젊은이 늙은이 다 합쳐서 아마 스무 명은 되었을 것인데 모두 다 같이 놀이를 즐겼고, 스크루지도 거기에 동참하긴 마찬가지였다. 그는 눈앞에서 벌어지는 일이 너무 흥겨워서 자신의 목소리는 이들의 귀에 전혀 들리지 않는다는 것을 완전히 잊어버린 채, 추측해낸 답을 때로 큰 소리로 말했고, 매우 빈번히 정답을 맞히기도 했다. 비록 스크루지는 자신이 무딘 사람이라고 생각하고 싶어 했지만, 바늘귀가 부러지지 않는 가장 예리한 바늘로 유명한 화이트채플의 최고품이라고 해도 스크루지보다 더 예리하지는 못했을 것이다.

정령은 그가 이런 기분에 빠진 게 무척 반가워서 그를 훈훈한 눈길로 쳐다보자, 스크루지는 손님들이 떠날 때까지 그곳에 머물러 있게 해 달라고 어린아이처럼 애원했다. 그러나 정령은 그럴 수는 없는 노릇이라고 했다.

"지금 새 게임을 시작하잖아요." 스크루지가 말했다. "딱 30분만 더, 정령님, 30분만!"

새로 시작한 게임은 네 아니요 게임이었다. 스크루지 조카가 무슨 생각을 하면, 나머지 사람들은 그게 무엇인지 알아맞혀야 했는데, 술래는 그때마다 그냥 네, 아니요라고만 대답하면 됐다. 열화와 같은 질문공세 끝에 이끌어낸 단서인즉, 그가 생각하는 게 어떤 동물, 살아 있는 동물, 다소 불쾌한 동물, 야만적인 동물, 이따금씩 으르렁거리고 꿀꿀거리며, 때로는 말도 하는 동물로, 런던에 살고, 길거리에 걸어 다니며, 무슨 전시용도 아니고, 누가 끌고 다니는 동물도 아니고, 동물원에 살지 않고, 도축장에서 죽이는 법 없고, 말도 아니고, 당나귀도 아니고, 암소도 아니고, 황소도 아니고, 호랑이도 아니고, 개도 아니고, 돼지도 아니고, 고양이도 아니고, 곰도 아니라는 것이었다. 새로운 질문을 받을 때마다 조카는 새삼 웃음보를 터뜨렸고, 아주 말할 수 없이 즐거웠는지 소파에서 벌떡 일어나서 발을 동동 구르지 않고는 못 배겼다. 마침내 통통한 처제가 자신도 비슷한 상태로 변해서는 외쳤다.

"난 답이 뭔지 알아냈어! 뭔지 알아, 프레드! 뭔지 안다니까!"

"답이 뭔데?"

프레드가 소리쳤다.

"형부네 스크루우우우지 삼촌!"

사실이 분명 그랬다. 모두 다 대단하다며 칭찬을 하는 분위기였지만, 단 일각에서는 "곰인가?"에 대한 질문은 "네"가 옳은 답이었어야 한다며 항의를 했는데, 이때 아니오, 라는 대답은 혹시 스크루지 씨 쪽으로 추측을 하던 중이었을 경우, 그런 생각에서 벗어나게 만들기에 충분했다는 것이었다.

"삼촌 덕에 실컷 웃으며 놀았으니까." 프레드가 말했다. "그 어른을 위해 건배를 제의하지 않는 것은 도리가 아니라고 생각해. 자, 여기 마침 와인 칵테일 한 잔이 있으니, 스크루지 삼촌을 위해 건배!"

"좋아요! 스크루지 삼촌을 위해!"

다들 합창했다.

"그 영감님도 메리 크리스마스와 새해 복 많이 받으시기를, 어떤 동물이시건 간에!" 조카가 말했다. "나한테 그 인사를 받지 않으려 하시겠지만, 그래도 받으시길, 스크루지 삼촌!"

정령이 그럴 시간을 주었다면, 스크루지도 알게 모르게 무척 명랑해지고 마음이 가벼워져서 자기를 의식하지 못하는 이 사람들 모두에게 같은 인사를 하며 들리지 않는 소리로 고맙다고 할 참이었다. 하지만 자기 조카가 마지막 말을 입밖에 내자마자 이 장면은 사라져버렸고, 그는 정령과 함께 다시 여정에 올랐다.

이들은 많은 것을 보았고 멀리도 다녀봤고 많은 집들을 방문했는데, 언제나 그 결말은 행복했다. 정령이 병자의 침상 옆에 서면 이들은 쾌활해졌으며, 이국땅으로 찾아가면 사람들은 고국에 온 느낌이 들었고, 갈등을 겪는 이들 곁에 서면 이들이 보다 큰 희망 속에서 침착해졌으며, 가난한 이들 곁에 가면 이들에게 부유한 느낌을 심어줬다. 고아원, 병원, 감옥, 비참함이 깃든 온갖 장소, 거만한 인간이 자신의 알량한 권위를 내세워 문을 걸어 잠그고 정령을 문전박대하지 않은 곳마다 그는 축복을 두고 갔고 크리스마스의 교훈을 스크루지에게 가르쳐주었다.

단 하룻밤이라고 하기에 그날 밤은 정말 길었다. 하지만 스크루지한테는 크리스마스 연휴 내내 일어난 일이 이들이 같이 보낸 시간으로 압축된 것으로 보였기에, 이 점에 대해서 의구심을 갖고 있었다. 게다가 스크루지는 외형적으로 전혀 변하지 않은 상태로 있었지만 정령은 점점 분명히 늙어가는 것이 또 이상했다. 스크루지는 이것을 눈치챘으나 거기에 대해서 별말을 하지 않고 있었다. 하지만 어린이들의 십이야 파티를 떠나는 시점에서 둘이 공터에 함께 서 있을 때 정령의 머리가 허옇게 센 것을 발견하고 마침내 물었다.

"정령들의 수명이 이렇게 짧은 건가요?"

"이 지구상에서의 내 삶은 매우 짧아요. 오늘 밤으로 끝납니다."

정령이 말했다.

"오늘 밤이라고요!"

스크루지가 큰 소리로 말했다.

"오늘 밤 자정에요. 자, 잘 들어봐요! 시간이 가까워지고 있어요."

교회 종들은 이 순간 11시 45분을 알리고 있었다.

"내가 지금 묻고자 하는 게 옳지 않다면 용서하세요." 스크루지가 정령의 옷자락을 유심히 바라보며 말했다. "하지만 뭔가 이상한 것이 지금 댁의 옷자락에서 삐져나온 게 보이는데요. 댁의 것은 아닌 것 같은 게. 이게 발인가요, 아니면 짐승의 발톱인가요?"

"거기에 살이 붙어 있기는 하니 발톱이라고 할 수 있겠지요." 정령의 구슬픈 대답은 이러했다. "여기를 보시오."

그의 옷자락 접힌 곳을 펴자 두 어린이가 등장했다. 비참하고, 처참하고, 겁나고, 끔찍하고, 비천한 두 아이가. 이들은 정령의 발치에 무릎을 꿇고서 그의 옷자락 바깥쪽을 붙잡고 매달렸다.

"아, 인간이여! 여기를 좀 보시오, 저 밑에, 저기를!"

정령이 한탄하는 소리를 외쳤다.

이들은 남녀 어린이였다. 누렇고 깡마르고 남루하고 찡그리고 사나운 인상이었지만 그래도 미천하게 납작 엎드린 모습이기도 했다. 우아한 어린 생명이 이들의 안색에 생기를 주고 가장 신선한 색조로 빛나게 했어야 하건만, 꼭 늙은이처럼 깡마르고 쪼글쪼글한 손으로

꼬집고 비틀어서 너덜너덜해진 얼굴이었다. 천사들이 권좌에 앉아 있어야 할 자리에 악마들이 들어가서 도사리며 협박하는 눈빛으로 노려보았다. 어떤 변화, 어떤 타락, 어떤 인간성이 아무리 심하게 변질된 상태라고 해도, 이 놀라운 창조된 세계의 온갖 신비를 다 둘러보아도, 이들보다 더 섬뜩하고 무시무시한 괴물들은 찾아볼 수 없을 것이다.

스크루지는 이들의 모습에 질려서 깜짝 놀라며 뒤로 물러섰다. 이런 식으로 보여진 아이들을 아주 귀여운 아이들이라고 말하려고 했으나, 그 말이 목에 탁 걸려 그런 엄청난 거짓말에 동참하기를 거부해버렸다.

"정령님! 댁의 아이들인가요?"

스크루지는 그 말밖에는 더 할 수가 없었다.

"애들은 인간의 아이들입니다." 정령이 아이들을 내려다보며 말했다. "그런데 자기네들의 아버지에 대해 탄원을 하면서 나한테 달라붙는 거지요. 이 사내아이는 '무지'라고 합니다. 여자아이는 '결핍'이지요. 둘 다, 또 이들과 같은 급의 모든 아이들을 조심해야 할 거요, 특히 사내아이는요. 아이 이마에 파국의 조짐이 적혀 있는 것이 내 눈에 보이기 때문이오. 그것을 지우지 않는 한 조심해야 하오. 부인할 자가 있으면 나와봐라!" 정령이 도시를 향해 손을 뻗으며 소리쳤다. "너희에게 이런 경고를 하는 목소리를 비난하려면 그렇게 해봐라! 너희의 정략적 목적에서 그것을 이용해서 더 망쳐놓으려면 그렇게 해봐라. 그러고는 그 결과가 어떨지 지켜보아라!"

"아이들에게 피난처나 도움을 줄 수는 없나요?"

스크루지가 울부짖었다.

"감옥들은 뒀다 뭐 하냐고? 구빈원 작업장도 있지 않으냐고?"

정령이 스크루지가 했던 말을 마지막으로 다시 그에게 되돌렸다.

종소리가 밤 12시를 알렸다.

스크루지는 정령이 어디 있는지 두리번거리며 찾았으나 보이지 않았다. 마지막 종소리의 울림이 멈추자 그는 제이컵 말리 영감의 예고가 생각났다. 스크루지가 고개를 들자, 엄숙한 환영이 옷자락을 길게 늘어뜨리고 후드를 덮어쓴 채 땅을 덮은 안개처럼 그를 향해 오는 것이 보였다.

넷째 마당

마지막 정령

The Last of the Spirits

환영은 천천히, 엄숙하게, 조용히 다가왔다. 그 형체가 가까이 오자, 스크루지는 털썩 무릎을 꿇었다. 이 정령이 움직이는 공기 그 자체에서 암울함과 신비로움이 퍼져나오는 것 같았기 때문이다.

정령은 짙은 검은색 옷으로 머리, 얼굴, 형체 등 전신을 모두 감싸고 있어서 앞으로 뻗친 손 하나만 빼고는 아무것도 보이지 않았다. 손만 아니라면 그 형체를 밤과 분간하거나 그를 에워싼 암흑과 구분하기 어려웠을 것이다.

그 형체가 자기 곁으로 다가왔을 때 스크루지는 상대방이 키가 크고 건장하다는 느낌을 받았고, 이 신비로운 존재가 그를 근엄한 두려움에 사로잡히게 만들고 있음을 느꼈다. 하지만 정령은 말없이 부동의 자세로 있었기 때문에 그 이상은 알 수가 없었다.

"내가 지금 미래의 크리스마스 정령과 대면하고 있는 건가요?"

스크루지가 말했다.

정령은 대답하지 않았고 손으로 앞쪽을 가리켰다.

"정령님은 지금 나한테 아직 벌어지지 않았지만 앞으로 다가올 일들의 그림자를 보여주려는 참이군요." 스크루지가 말을 이었다. "맞지요, 정령님?"

그의 옷자락의 위쪽 부분이 마치 정령이 고개를 숙이는 듯이 한순간 주름 밑으로 움찔 접혀 들어갔다. 그것이 스크루지가 얻은 유일한 대답이었다.

스크루지는 이제 어느 정도 정령들과 동행하는 데 익숙해졌지만, 이 말없는 형체는 어찌나 두려워했던지 그의 두 다리가 허리 밑에서 후들후들 떨려서, 정령을 쫓아 나서기 위해 준비하는데 두 발로 설 수가 없을 정도였다. 정령은 잠시 멈춰서 그의 상태를 살펴보고 그가 기운을 찾을 시간을 주었다.

하지만 스크루지의 상태는 더 악화될 따름이었다. 스크루지는 정령이 자기 뒤 거무스름한 수의자락 속에서 귀신 같은 눈으로 자기를 응시하고 있다는 막연한 공포로 신경이 곤두섰다. 그래서 최대한 눈을 치켜뜨고 그를 바라봤지만 유령 같은 손과 검은색을 크게 뭉쳐놓은 옷자락만 보였다.

"미래의 정령님!" 그는 외쳤다. "난 이제껏 본 그 어떤 정령보다도 당신이 더 두렵소. 하지만 정령님의 목적이 나를 유익하게 해주려는 것임을 아니까, 또한 내가 지금껏 나와는 다른 사람으로 살기

를 바라니까, 댁과 동행할 준비가 되어 있고 고마운 마음에서 따라
가겠소. 뭐라고 말을 좀 안 하겠소?"

정령은 아무런 대답을 해주지 않았다. 그의 손은 정면을 가리키
고 있었다.

"앞장서시오!" 스크루지가 말했다. "자, 갑시다! 밤이 얼마 안 남
았고 나한테는 소중한 시간인 걸 알고 있소. 자, 앞장서시오. 갑시
다, 정령님!"

정령은 그에게 다가올 때와 똑같은 방식으로 움직이기 시작했다.
스크루지는 정령의 옷자락 그림자를 쫓아갔는데, 스크루지 생각에
는 그 옷자락이 그를 태워 데려가고 있는 것 같았다.

이들이 도시로 들어갔다고 생각했을 때, 도시는 오히려 그들 앞에
불쑥 솟아올라 펼쳐지면서 그들 주위를 에워싸는 것처럼 보였다. 아
무튼 이들은 도시에, 그것도 시내 한복판, 상인들 사이에 와 있었다.
거래소 앞 상인들은 황급히 오가며 호주머니 속 돈을 찰랑거리며, 무
리 지어 대화를 나누며 시계를 쳐다보며, 큼직한 인감도장들을 생각
에 잠겨 어루만지고 있는 등, 스크루지가 자주 보던 모습 그대로였다.

정령은 사업가들 몇 명이 모여 웅성거리는 사이에 멈춰 섰다. 그
의 손이 그들을 향하는 것을 보고서 스크루지는 상인들의 대화를 들
으려고 그들 쪽으로 가까이 다가갔다.

"아니야." 덩치 크고 뚱뚱하고 턱이 흉악한 한 사내가 말했다.
"어느 쪽이 맞는지 잘 모르겠어. 아무튼 그가 죽었다는 것밖에는."

CHEVALIER

"언제 죽었대?"

다른 사람이 물었다.

"어젯밤이라지, 아마."

"아니, 뭐 때문에 간 거야? 절대로 죽지 않을 친구 같던데."

세 번째 사람이 매우 큼직한 코담뱃갑에서 상당한 양의 담뱃잎을 꺼내며 물었다.

"알 게 뭐야."

첫째 사람이 하품을 하며 말했다.

"그 돈은 다 어떻게 하고 갔나, 그 친구?"

얼굴이 붉은 한 신사가 물었는데, 그의 코끝에 이상 물체가 돌출되어 있는 것이 마치 칠면조 수컷의 처진 살 같았다.

"별 얘기 못 들었어." 턱이 큰 사람이 다시 하품을 하며 말했다. "회사에 물려줬겠지, 아마. 뭐 나한테는 한 푼도 온 게 없으니 말이야. 내가 아는 건 그 정도일세."

이 농담에 다들 웃음으로 화답했다.

"보나마나 아주 싸구려 장례식이 되겠지 뭐." 턱이 큰 그 사람이 다시 말했다. "정말이지, 아무도 거기에 간다는 사람을 보지 못했으니 말이야. 우리 중에서라도 어디 조문단을 모집해볼까?"

"점심이라도 한 끼 준다면 가볼 생각이야, 나는." 코에 이상한 것이 나 있는 신사가 의견을 냈다. "내가 거기 낀다면 난 밥은 얻어먹어야겠네."

또 한 번 웃음이 터졌다.

"글쎄, 난 이 중에서 제일 계산속이 없는 편일세." 첫 번째 남자가 말했다. "난 문상용 검은 장갑을 끼지 않을 거고 점심도 얻어먹지 않을 거지만 그래도 누가 간다면 나도 갈 생각일세. 굳이 생각을 해보자면 내가 그 사람의 제일 각별한 친구라고 하지 말라는 법도 없는 것 같구먼. 내가 그 사람과 마주칠 때면 늘 멈춰 서서 말을 걸었으니. 자, 그럼 이만!"

말하는 사람이나 듣는 사람이나 모두 발걸음을 떼더니 다른 그룹들과 섞였다. 그들은 스크루지가 아는 사람들이었기에, 그는 설명을 기대하며 정령을 바라보았다.

정령은 어느 길 하나로 미끄러지듯 돌아 들어갔다. 그의 손가락은 두 사람이 만나고 있는 장면을 가리켰다. 스크루지는 혹시 여기에 설명의 단서가 있을까 생각하며 귀를 기울였다.

이들도 그가 완벽하게 잘 알고 있는 사람들이었다. 사업가들이었고, 매우 부유했고 중요한 인물들이었다. 그는 늘 이들에게 좋은 평가, 그러니까 순전히 사업상 좋은 평판을 얻으려고 신경을 써온 터였다.

"안녕하시지요?"

한 사람이 말했다.

"댁도 별고 없으시고요?"

다른 쪽이 대답했다.

"결국! 지옥 영감이 제 새끼를 데려간 셈이네요, 안 그렇소?"

첫 번째 남자가 말했다.

"나도 그 소식을 들었어요. 아주 날씨가 춥군요, 그렇지요?"

두 번째 남자가 대답했다.

"크리스마스 철에 맞는 날씨지요. 스케이트 좀 타시나요, 혹시?"

"아니, 아니에요. 뭐 다른 일이 좀 있어서요. 그럼 이만!"

단 한 마디도 더 오가지 않았다. 이들의 만남, 대화, 작별은 이게 전부였다.

스크루지는 처음에는 정령이 이렇듯 하찮은 대화를 비중 있게 취급한 데 놀랐다. 하지만 뭔가 이 대화 뒤에 숨겨진 뜻이 있으리라는 확신으로, 그것에 대해 곰곰이 생각해보기 시작했다. 그것이 자신의 옛 동업자 제이컵의 죽음과 관련된 것이라고 생각할 여지는 없는 것 같았다. 그것은 과거사이고 이 정령의 영역은 미래이니까. 자신과 직접 연관된 어떤 사람한테 적용할 여지도 생각해낼 수 없었다. 하지만 누구한테 해당되는 말이건 자신에게 유익한 숨은 교훈이 있으리라는 점은 의심하지 않았기에, 그가 듣는 말 한 마디 한 마디, 본 것들은 모두 깊이 새기기로, 특히 자신의 그림자가 나타날 때 유심히 살피기로 결심했다. 왜냐하면 자신의 미래의 자아가 자기가 놓친 의미의 단서를 제공해줄 것이며 이 수수께끼를 쉽게 풀게 해줄 것이라고 기대했기 때문이다.

그는 바로 그곳에서 자신의 모습을 찾아봤지만, 자기가 늘 있던 구석에는 다른 사람이 서 있었다. 늘 그가 거기에 도착하는 시간이 되었는데도 그는 정문으로 몰려 들어오는 군중 속에서 자신과 닮은 꼴은 볼 수 없었다. 그러나 그는 마음속으로 자신의 삶을 변화시킬 결심을 했고 새롭게 태어난 자신의 결심이 반영된 모습을 볼 것이라고 생각하고 희망했기에, 별로 놀라지 않았다.

침묵과 어둠 속에 서 있는 정령이 손을 뻗치고 있었다. 스크루지가 사색에 잠겨 있다가 돌아오자, 상대방이 손을 돌리는 모습과 자신과 관련된 상황에서 유추할 때, 보이지 않는 정령의 눈이 자신을 예리하게 쳐다보는 것 같다는 생각이 들었다. 그러자 그는 부르르 떨며 쌀쌀한 냉기를 느꼈다.

이들이 번잡한 광경을 피해서 간 곳은 도시의 한 음침한 동네로, 스크루지는 거기가 어딘지 알았고 별로 평판이 좋지 않다는 것도 알았지만 한 번도 가본 적은 없었다. 골목들은 더럽고 비좁았으며, 가게와 집들은 허름했고, 사람들은 술에 취해 반쯤 벗은 단정치 못한 옷차림을 하고 있어서 보기 흉했다. 막다른 골목과 구름다리 아랫길은 하나같이 오물 웅덩이 같은, 악취와 먼지와 추한 생활의 모습들을 제멋대로 뻗어 있는 길에다 토해놓은 이 동네는 온통 범죄와 불결함과 비참함으로 가득했다.

이 악명 높은 동네의 한 소굴의 처마 지붕 밑으로 나지막하게 비쭉 삐져나온 가게가 있었는데, 그곳은 철물, 낡은 옷가지, 병, 뼈, 기름기 있는 내장 따위를 갖다주고 돈으로 바꿔가는 곳이었다. 안쪽 바닥에는 녹슨 열쇠, 못, 쇠사슬, 경첩, 줄톱, 저울, 계량기 등 온갖 종류의 고철들이 쌓여 있었다. 누구건 별로 캐보려고 하지 않을 비밀들이 보기 흉한 이 잡동사니와 덕지덕지 뭉쳐놓은 썩은 비곗덩어리와 뼈다귀 무덤 속에 도사리고 있고 숨겨져 있었다. 자신이 취급하는 물품들 한가운데 낡은 벽돌로 만든 숯불 난로 옆에 앉아 있는 인물은 머리가 허옇게 세고 거의 일흔 살은 되었을 법한 못된 인간이었다. 그는 줄에다 누추한 천을 커튼처럼 매달아 늘어뜨려 바깥의 냉기를 막고 있었고, 고요한 거처의 사치스러움을 즐기는 양 파이프 담배를 피워댔다.

스크루지와 정령은 이 노인 앞으로 다가갔는데, 마침 한 여자가 묵직한 보따리를 들고 가게로 살그머니 들어왔다. 그러나 그녀가 막 들어서자마자 또 다른 여자가 마찬가지로 짐을 이고 들어왔고, 이들 뒤로 바짝 따라 들어온 한 사람이 또 있었는데 그는 빛바랜 검은색 옷차림의 남자로 여자들이 서로 알아보며 놀란 것 못지않게 이들을 보고서는 깜짝 놀라는 기색이었다. 파이프 담배를 피우는 노인까지 포함해서 모두 잠시 멍하니 놀란 상태로 있더니, 이들 셋은 모두 웃음보를 터뜨렸다.

"잡역부 아줌마가 선착순 일등이요!" 제일 먼저 들어온 여자가 소리쳤다. "세탁 아줌마가 그다음이고, 장의사 아저씨는 세 번째고. 이거 봐요, 조 영감. 이거 참 별난 인연이네! 우리 셋이 그럴 계획도 없이 여기에서 만나다니 말이야!"

"자네들을 이보다 더 좋은 데서 만날 수 있겠나." 조 영감이 입에서 파이프 담배를 빼며 말했다. "거실로 들어오게. 여기서 맘대로들 지냈잖아, 옛날에. 안 그런가. 또 저 다른 두 친구들도 모르는 사이가 아니고. 잠깐, 내가 가게 문 닫고 올 테니 기다리게. 이런! 끽끽 소리 한번 심하네! 이곳에 있는 쇠붙이 중에서 저 경첩보다 더 낡아빠진 놈도 없을 거야, 아마. 또 여기 내 뼈보다 더 낡은 뼈도 없을 거고. 하하! 우리 다들 이 직업에 딱 어울리잖아, 아주 궁합이 잘 맞으니 말이야. 저쪽 거실로 들어오게. 거실로 들어오지들."

거실이란 누더기로 커튼을 만들어 친 뒤쪽 공간이었다. 늙은이는 낡은 쇠막대기로 불을 쑤셔서 키워놓더니 (때가 밤이었기에) 꺼져가는 등잔불을 자기 파이프 담배 손잡이로 다져서 불을 키우고서 파이프를 다시 입에 물었다.

그가 이러고 있는 동안 말을 먼저 했던 여자는 보따리를 바닥에 던져놓고 뻐기듯 낮은 의자에 앉더니, 팔꿈치를 무릎에 괴고 대담하

현 / 대 / 문 / 학

주석 달린 시리즈

The Annotated Books

고전이 풍미하고 있는 역사적, 문화적 깊이의 재발견!

〈주석 달린 시리즈〉는 문학적, 사회학적 해석뿐만 아니라
역사적인 정보, 상세한 이론으로 이루어진 주석과 풍부한 삽화를 더해
고전이 풍미하고 있는 깊이를 재발견하기 위해 기획된 시리즈입니다

★ 지금까지 공개되지 않았던 방대한 문헌을 바탕으로 한 상세하고 전문적인 해
★ 원전에 근거한 문학적, 역사적, 심리학적 중요성을 탐색한 최고의 주석
★ 초판본 삽화와 그 외의 진귀한 그림, 사진 등 경이로운 삽화 다수 수록

01 주석 달린 허클베리 핀
The Annotated Huckleberry Finn

마크 트웨인 원작 | 마이클 패트릭 히언 주석 | 박중서 옮김 | 943면 | 값 59,000원

마크 트웨인 사후 100주년 기념 특별판
청소년 필독서이자 세대를 뛰어넘는 세계 최고의 명작!

02 주석 달린 버드나무에 부는 바람
The Annotated Wind in the Willows

케네스 그레이엄 원작 | 애니 고거 주석 | 안미란 옮김 | 512면 | 값 39,000원

뉴스위크 선정 '세계 100대 명저', BBC 선정 '영국인의 애독서'
영국 문학사의 보물, 전세계가 사랑한 동화 『버드나무에 부는 바람』 완전 주석판

03 주석 달린 월든
The Annotated Walden

헨리 데이비드 소로 원작 | 제프리 S. 크레머 주석 | 강주헌 옮김 | 468면 | 값 39,000원

한 권에 담긴 헨리 데이비드 소로 백과사전
미국 문학의 고전이자 세계적인 밀리언셀러, 전세계를 사로잡은 영혼지침서

04 주석 달린 안데르센 동화집
The Annotated Hans Christian Andersen

한스 크리스티안 안데르센 원작 | 마리아 타타르 주석 | 이나경 옮김 | 544면 | 값 39,000원

마법과도 같은 이야기에 상상력의 깊이를 더한
안데르센 동화의 모든 것!

05 주석 달린 고전동화집
The Annotated Classic Fairy Tales

샤를 페로 외 원작 | 마리아 타타르 주석 | 원유경·설태수 옮김 | 540면 | 값 39,000원

입에서 입으로, 손에서 손으로, 눈에서 눈으로 수백 년 동안 전수되어
전 세계의 사랑을 받은 고전동화의 결정판

〈근간〉
주석 달린 크리스마스 캐럴 The Annotated Christmas Carol
주석 달린 빨강머리 앤 The Annotated Anne of Green Gables
주석 달린 홈즈 1, 2, 3 The Annotated Sherlock Holmes
주석 달린 앨리스 The Annotated Alice
주석 달린 오즈의 마법사 The Annotated Wizard of OZ
주석 달린 톰 아저씨의 오두막 The Annotated Uncle Tom's Cabin
주석 달린 비밀의 화원 The Annotated Secret Garden
주석 달린 그림 형제 동화집 The Annotated Brothers Grimm
주석 달린 오만과 편견 The Annotated Pride and Prejudice

게 덤벼보라는 투로 두 사람을 바라보았다.

"그래서 어쩌라고! 어쩌라는 건데, 딜버 아줌마? 각자 자기 일을 알아서 챙겨야지. 저 아저씨야말로 늘 잘 챙기잖아."

여자가 말했다.

"진짜로 그래, 정말로!" 세탁 아줌마가 말했다. "둘째가라면 서러 워할걸."

"그럼 뭘 그렇게 서 있어, 무슨 겁먹은 것처럼. 피장파장인데? 우 리끼리 서로 등쳐먹을 건가, 설마?"

"물론 아니지!" 딜버 아줌마와 남자가 동시에 대답했다. "안 그러 기를 바라, 우리는."

"좋아, 그런데 뭘!" 여자가 소리를 높였다. "그거면 됐지. 이따위 것들 좀 없어졌다고 누가 뭐 크게 손해 볼 거 있나? 죽은 사람 본인 은 아니겠지, 아마도."

"아니고말고."

딜버 아줌마가 웃으면서 말했다.

"이걸 죽은 뒤에도 갖고 싶었다면 말이야. 사악한 늙은 구두쇠니 말이야." 여자가 계속 말을 이었다. "왜 생전에 좀 자연스럽게 굴지 그랬어? 만약 그랬다면 죽음이 뒤통수를 칠 때 누군가 자기를 돌볼 사람이 옆에 있었을 거 아니야. 거기서 자기 혼자 마지막 숨을 헐떡 거리며 죽어가는 대신에."

"그거 참 듣다보니 옳은 말일세." 딜버 아줌마가 말했다. "뿌린 것보다 더 받았어야 싸지."

"그보다 좀더 받았어야 한다고 봐." 여자가 대답했다. "분명히 또 그랬을 거라고. 장담하지만 내가 뭘 더 가져올 수 있었다면 그렇게 했을 거야. 그 보따리 풀어보슈, 조 영감, 그게 값어치가 얼마나 갈지 알려주고. 톡 까놓고 말을 합시다. 내가 먼저 말을 꺼내는 게 두렵지도 않고, 저 사람들이 이걸 보는 것도 두렵지 않으니까. 우리 모두 각자 알아서 챙기며 산다는 걸, 아마 서로 빤히 아는 사이 아닌가, 여기서 이렇게 만나기도 전부터. 그게 무슨 죄라고. 보따리 풀어요, 조."

그러나 그녀의 벗들은 예의상 그렇게는 할 수 없다며 만류했고, 빛바랜 검은색의 옷차림을 한 사내가 빈틈을 공략하여 먼저 자기가 약탈한 물건들을 내놓았다. 펼쳐놓으니 별것은 없었다. 도장 두어 개, 연필통 하나, 소매 단추 한 쌍, 별 값어치 안 나가는 브로치, 그게 전부였다. 이것들을 모조리 조 영감은 각기 심사와 감정을 한 후 각 물건에 쳐줄 요량인 액수들을 벽에 분필로 적으면서, 나올 게 다 나온 걸 확인하고서 총액을 합산했다.

"이게 자네 몫 정산일세." 조가 말했다. "6펜스도 더 쳐주지 않을 테니 그런 줄 알게. 설마 안 준다고 나를 가마솥에 끓여 죽여도 말이야. 다음 차례는 누구지?"

딜버 아줌마가 다음이었다. 시트와 타월, 옷가지 약간, 낡은 은제 티스푼 두 개, 설탕 집게 하나, 구두 몇 켤레. 그녀의 몫도 벽에다 같은 방식으로 정산이 되었다.

A Christmas Carol

"난 숙녀들한테는 너무 많이 준단 말이야. 여자한테 약해서, 내가. 그러니 내 장사가 망하고 있는 거고." 조 영감이 말했다. "자네 거 계산은 그걸세. 만약 1페니라도 더 달라고 하거나 이걸 갖고 흥정을 하려 들면, 내가 너무 후하게 쳐준 걸 후회하고 반 크라운을 확 깎아버릴 거야."

"자, 그럼 이제 내 보따리도 좀 풀어보시지, 조." 첫 번째 여자가 말했다.

조는 보따리를 더 쉽게 풀려고 무릎을 꿇었고 여러 매듭을 풀고 나서는 무슨 시꺼멓고 커다랗고 묵직한 두루마리를 끌어냈다.

"이게 뭐하는 물건인가?" 조가 말했다. "침대 커튼!"

"그거?" 여자가 웃으면서 팔짱을 낀 채 앞으로 기대며 대꾸했다. "침대 커튼 맞지!"

"그 영감이 거기 누워 있는데 그걸 통째로 고리까지 죄다 걷어왔다는 건가, 설마?"

조가 말했다.

"그렇지." 여자가 대답했다. "못 할 게 뭐 있어?"

"자네는 한 밑천 벌 팔자로 태어났구먼." 조가 말했다. "또 분명히 그러고 말 거야."

"분명히 내가 내 손으로 뭔가를 챙길 수만 있다면 손을 가만히 두지는 않을 거요, 게다가 그런 작자한테서는. 조 당신한테 약속하지만." 여자는 냉정하게 대답했다. "그런데, 담요에 그 기름을 온통 다

홀리지 말라고, 이거."

"그 영감 담요인가?"

조가 물었다.

"아니면 누구 거라고 생각하는 거지?" 여자가 대답했다. "그거 없다고 그 영감이 무슨 감기 걸릴 일 있겠나, 장담하지만."

"뭐 전염병으로 죽은 건 아니겠지? 어?"

조 영감이 하던 작업을 멈추고 위를 쳐다보며 말했다.

"그건 걱정 마세요." 여자가 응답했다. "만약 그렇다면 내가 그런 물건들 때문에 그 영감의 곁을 지킬 정도로 정이 든 사이는 아니니까. 아! 댁의 눈이 시리도록 그 셔츠를 뚫어지게 살펴보려면 해보시지. 거기 구멍 하나라도 있고 올이 나간 곳이 있기나 한가. 그 영감 셔츠 중 제일 좋고 아주 괜찮은 물건이야. 내가 아니면 그걸 아깝게 그냥 버릴 뻔했다고."

"그걸 버리다니 뭔 말이야?"

조 영감이 물었다.

"그걸 입혀서 묻는 게 버리는 거지, 물론." 여자가 웃으면서 말했다. "누가 그런 바보짓을 하려고 했지만, 내가 다시 벗겨냈지. 그런 일에야 무명베면 충분하지, 아니면 무명베를 어디에다 쓰겠어. 몸에도 아주 잘 어울리던데. 그거 입은 모습이 생전보다 더 흉측할 것도 없더라고."

스크루지는 공포에 질려 이 대화를 듣고 있었다. 그는 늙은이의 등불이 제공하는 미미한 불빛 속에서 노략질한 물품 주위에 모여 앉은 이들을 혐오감과 역겨움으로 바라보았다. 이들이 실제 시체를 갖다 놓고 서로 거래를 하는 볼썽사나운 도깨비들이었다고 해도 이보다 더 역겹지는 않았을 것이다.

"하하!"

조 영감이 돈이 든 헝겊 가방을 꺼내서 바닥에다 돈을 세어서 쌓자, 방금 말한 여자가 웃음을 터뜨리면서 계속 말했다.

"이렇게 끝장나는 거야, 보시다시피! 자기가 살아 있을 때는 모든 인간에게 겁을 줘서 쫓아버리더니, 죽어서는 우리한테 이득을 남겨주려고 그랬던 거라고! 하하하!"

"정령님!" 스크루지가 머리에서 발끝까지 덜덜 떨면서 말했다. "알겠어요, 알겠어요. 이 불행한 인간의 경우가 나한테도 해당될 것이라고요. 내 인생이 그렇게 끝나가고 있다고요. 자비로우신 하늘이시여, 이건 또 뭔가요?"

장면이 다시 바뀌었기 때문에 그는 겁에 질려 움츠러들었다. 그는 거의 침대에 닿을 정도로 가까이 와 있었다. 썰렁하고 커튼도 없는 침대였고, 거기 낡은 시트 밑에 뭔가 덮어놓은 물체가 있는데, 비록 말은 없었으나 무시무시한 언어로 자신의 실체를 선언하고 있었다.

방은 매우 어두웠다. 스크루지가 어떤 은밀한 충동에 이끌려 이것이 어떤 방인지 알아내야만 한다는 불안감에서 사방을 둘러보았지만, 너무 어두워서 정확히 분간할 수 없을 정도였다. 밖에서 한 줄기

희미한 불빛이 솟아올라 곧장 침대에 내리꽂히면서 비춘 것은, 침대에 누워 있는, 다 털리고 다 뺏기고, 아무도 지켜봐주지 않고 아무도 애도하지 않고 아무도 돌봐주지 않는 이 사람의 몸이었다.

스크루지는 정령 쪽을 힐긋 쳐다보았다. 정령의 한결같은 손은 그의 머리 쪽을 가리켰다. 덮개는 워낙 대충 맞춰놓았던 터라, 스크루지 쪽에서 손가락만 까닥해서 살짝만 쳐들어도 얼굴을 드러냈을 것이다. 그도 그런 생각을 했고 그게 참 쉬운 일이겠다는 느낌도 들었고 그러고 싶은 마음이 간절했지만, 곁에 있는 정령을 쫓아버릴 힘이 없는 것과 마찬가지로 베일을 걷을 힘이 없었다.

아, 차디차고 차디찬, 뻣뻣하고 끔찍한 죽음이여. 여기에 너의 제단을 쌓고 네가 부리는 그런 공포들로 치장을 하라, 이것이 너의 영역이니! 하지만 사랑받고 존경받고 칭송받는 머리에는 너의 무서운 목적을 따라 머리카락 하나도 흩뜨려놓지 못할 것이며, 얼굴 표정한 구석도 혐오스럽게 변화시키지 못하리라. 그의 손이 무거워서 축 늘어져서도 아니고, 가슴과 맥박이 고요해서도 아니요, 오직 손은 넉넉하고 너그럽고 참되었고, 가슴은 용맹스럽고 따뜻했고 부드러웠으며, 맥박은 떳떳한 사람의 맥박이었기 때문이다. 쳐봐라, 그늘이여, 쳐봐라! 그러면 맞은 상처에서 그의 선행들이 솟아 올라와서, 이 세상에 영생을 흩뿌릴 것이니!

아무도 이런 말들을 스크루지의 귀에다 선포하지 않았지만, 그는 침대를 보면서 그런 말들을 속으로 들었다. 그는 생각했다. 만약 이 사람이 지금 자리에서 일어날 수 있다면, 그에게 가장 먼저 찾아오는 생각은 무엇일까? 탐욕, 남는 거래를 해야 한다는 노심초사, 근심걱정? 그 덕에 정말 부유한 종말을 맞았구나, 진실로!

그는 어둡고 텅 빈 집에 누워 있었고, 남자건 여자건 아이건 그 누구도 그가 이런저런 친절을 자신에게 베풀어주었다고, 다정한 말 한마디 때문에 나도 그에게 정을 주겠다는 말을 하는 자가 하나도 없었다. 고양이 한 마리가 문을 긁어대고 있었고 벽난로 돌 밑에서 쥐들이 뭔가를 갉아먹는 소리가 들렸다. 이놈들이 죽음의 방에서 뭘 원하는지, 왜 그렇게 안달이 나서 부산을 떠는지는, 스크루지가 감히 생각할 엄두도 내지 못했다.

"정령님!" 그가 말했다. "여기는 아주 두려운 곳입니다. 여기를 떠나도 그 교훈을 두고 떠나지 않겠소. 내 말을 믿으시오. 이제 그만 갑시다!"

정령은 여전히 미동하지 않는 손가락으로 머리를 가리키고 있었다.

"정령님의 뜻을 이해하겠소." 스크루지가 대답했다. "그리고 그대로 하겠소. 내가 할 수 있다면. 그러나 그럴 힘이 내겐 없소, 정령님. 나는 그 힘이 없소."

다시 정령이 그를 바라보는 것 같았다.

"만약 이 도시에서 그 누구건 이 사람의 죽음 때문에 무슨 감정의 동요가 있는 사람이 있다면." 스크루지가 사뭇 번뇌에 빠져서 말했다. "그 사람을 내게 보여주시오, 정령님, 간청합니다!"

정령은 자신의 어두운 옷자락을 날개처럼 앞으로 잠시 펼쳤다가 다시 접자, 낮 시간대의 어떤 방 안이 눈에 들어왔다. 거기에는 한 어머니와 아이들이 있었다.

어머니는 누군가를 기다리고 있었다. 아주 걱정스럽고 간절한 모습으로 방 안을 왔다 갔다 걸어다니는 것을 보면. 무슨 소리만 나면 깜짝 놀랐고, 창밖을 쳐다보거나, 시계에 눈길을 자주 보냈고, 바느질일을 하려고 애는 썼지만 별 소용이 없었고, 놀고 있는 아이들 소리도 듣는 게 괴로울 따름인 것 같았다.

마침내 오래전부터 기다리던 노크 소리가 들렸다. 그녀는 황급히 문으로 가서 남편을 맞이했다. 그는 비록 젊었지만 걱정과 근심에 짓눌린 얼굴이었다. 그런데 그 얼굴에는 일종의 진지한 기쁨이긴 하나, 그걸 창피해하는 듯하고 그걸 애써 감추려는 좀 특이한 표정이 담겨 있었다.

그는 화롯가에서 자신을 위해 덮어서 데워놓은 저녁 식사를 앞에 두고 앉았다. (한참 동안의 침묵이 흐른 뒤에야) 부인이 희미하게 무슨 소식이 있는지 묻자, 그는 어찌 대답을 해야 할지 당혹스러워하는 것 같았다.

"좋은 소식이야?" 그녀가 말했다. "아니면 나쁜 소식?"

남편의 말꼬를 트게 해주려는 셈이었다.

"나쁜 소식이야."

그가 말했다.

"그럼 우린 아주 망한 거야?"

"아니야, 아직 희망이 있어, 캐롤라인."

"그 사람이 양보한다면 그렇겠지만, 어디 그럴 리가!" 그녀가 어리둥절해하며 말했다. "그런 기적이 일어나기만 한다면 희망을 버리지 않아도 되겠지."

"그 사람은 양보할 단계를 넘겼어." 남편이 말했다. "죽었거든."

그녀의 인상이 진실을 말해준다면 그녀는 온화하고 인내심이 많은 사람일 것이다. 그러나 그 얘기를 들은 그녀의 영혼은 감격한 나머지 두 손을 모으고 감사하다는 말을 했다. 그녀는 바로 다음 순간 용서의 기도를 올렸고 안됐다는 생각이 들었지만, 처음 나온 반응이 그녀의 가슴 깊은 곳에서 나온 진심이었다.

"내가 자기한테 어젯밤에 얘기한 그 반쯤 취한 여자 있지. 왜, 내가 한 일주일만 늦춰 달라고 그를 만나러 갔을 때. 그때 나한테 한 말이 순전히 나를 피하려는 핑계라고 생각했는데, 진짜로 사실이더라고. 그는 병이 매우 위중했을 뿐 아니라 죽어가고 있었더라고, 그때."

"우리 빚이 그럼 누구한테 넘어가는 거야?"

"잘 모르겠어. 하지만 그 전에 돈이 준비될 거야. 그리고 비록 준비가 안 된다고 해도, 우리 빚을 넘겨받은 사람이 그 정도로 무자비한 사람인 걸로 판명된다면 정말 운이 나쁜 거겠지. 오늘은 가벼운 마음으로 잘 수 있을 거야, 캐롤라인!"

그랬다. 죽은 사람은 안됐다고 생각했지만, 마음이 가벼워진 것은 사실이었다. 아이들이 무슨 소리인지 잘 이해는 못했지만 부모 주위에 모여 앉아서는 덩달아 얼굴이 밝아졌으니, 이 사람이 죽은 덕에 온 집안이 행복해진 거 아닌가! 정령이 그에게 보여준, 이 사건이 만들어낸 유일한 감정은 기쁨의 감정이었다.

"죽음과 관련해서 정감 어린 풍경도 좀 보여주시죠, 정령님." 스크루지가 말했다. "아니면 우리가 방금 나온 그 어두운 침실이 영원히 내 눈앞에서 어른거릴 것 같으니까요."

정령은 스크루지를 친숙한 길거리 몇 군데로 인도했는데, 그렇게 여기저기 지나다니며 그는 자기 모습을 찾아봤건만 아무 데서도 볼 수가 없었다. 그가 예전에 방문한 적이 있었던 가난한 봅 크래칫의 집으로 그들이 들어가보니 어머니와 아이들이 불가에 모여 앉아 있었다.

고요했다. 매우 고요했다. 시끄러운 꼬마 크래칫들도 한구석에서 동상처럼 잠잠히 앉아 피터를 올려다보고 있었고, 피터는 책을 펼쳐 들고 있었다. 어머니와 딸들은 뭔가를 꿰매는 중이었다. 하지만 다들 진짜 조용하네!

"주께서 한 어린아이를 불러 그들 가운데 세우시고."

이 말을 어디에서 들었던가? 스크루지가 그걸 꿈에 들은 건 아닐 텐데. 아마 자기랑 정령이 문지방을 넘어 들어올 때 책을 든 아이가 그걸 소리 내어 읽은 모양이었다. 그런데 왜 계속 읽지 않는 걸까?

어머니는 바느질감을 탁자에 내려놓더니 손으로 얼굴을 가렸다.

"색실 때문에 눈이 아프구나."

그녀가 말했다.

색실이라고? 아니요, 가엾은 꼬마 팀 때문이오!

"이제 괜찮다." 크래칫의 아내가 말했다. "촛불에 비춰 일하다 보면 눈이 흐려진단다. 또 너희들 아빠가 집에 오실 때 부스스한 눈으로 맞을 수도 없고, 천만에, 안 될 일이지. 이제 오실 때가 다 됐는데."

"오히려 지난 거 같은데요." 피터가 책을 덮으며 대답했다. "하지만 예전보다 요즘 좀 걸음걸이가 느려지신 것 같아요. 최근 며칠 보면요, 어머니."

이들은 다시 매우 조용해졌다. 마침내 어머니가 차분하고 활기찬 목소리로 말했는데, 딱 한 번은 흔들리는 기색을 보였다.

"개를─꼬마 팀을 목마 태우고서도 아주 빨리 걸어가시는 걸 보곤 했단다, 나는."

"저도 봤어요." 피터가 큰 소리로 말했다. "아주 자주요."

"저도요."

또 다른 아이가 외쳤다. 모두 다 마찬가지였다.

"하지만 개는 가벼웠으니까." 그녀가 바느질에 몰두하며 말을 이었다. "그리고 아빠가 개를 얼마나 사랑하셨는데. 그러니까 그게 별로 고생스럽지는 않으셨지. 고생이랄 게 없고말고. 그런데 지금 아빠가 문밖에 와 계시구나!"

그녀는 서둘러서 남편을 맞이하러 갔고, 작달막한 봅은 긴 목도리로—그게 정말로 이 가엾은 친구한테 필요했는데—목을 감싼 채 안으로 들어왔다. 난로 난간에 차와 식사가 준비되어 있었고 이들은 모두 서로 앞다투어 아빠를 거들었다. 그러자 어린 크래칫 둘이 그의 무릎에 올라앉아서 마치 '너무 심려 마세요, 아빠, 너무 슬퍼하지 마세요!' 라고 하듯, 각자 작은 볼을 그의 얼굴에 비볐다.

봅은 이들을 무척 쾌활한 기분으로 대했고 모든 가족에게 다정하게 말을 건넸다. 그는 탁자에 놓인 바느질감을 보고서 크래칫 부인과 딸아이들의 근면함과 속도를 칭송했다. 일요일도 되기 한참 전에 다 끝낼 수 있겠다고 그가 말했다.

"일요일이라고요! 그러면 오늘 다녀오신 거예요, 로버트?"

그의 부인이 말했다.

"그래요, 여보." 봅이 대답했다. "당신도 같이 갔으면 좋을 뻔했어요. 거기 경치가 얼마나 좋은지, 당신도 봤으면 좋았을 텐데. 하지만 자주 가보게 될 거예요. 내가 개한테 일요일마다 그쪽으로 자주 산책을 가겠다고 약속했으니까. 우리, 우리 꼬맹이한테!" 봅의 목이 메었다. "우리 꼬맹이한테 말이야!"

그는 말을 더이상 이을 수 없었다. 그도 어쩔 수가 없었다. 만약 마음을 진정시킬 수 있는 상태였다면, 그것은 자기 아이와의 거리가 아마 지금보다 더 멀어졌다는 증거일 것이다.

그는 거실에서 나와 위층에 있는 방으로 올라갔다. 거기에는 크리스마스 호랑가시나무가 달려 있고 조명이 밝혀져 있었다. 아이 곁에 의자가 놓여 있었고 거기에 누군가 앉아 있던 흔적이 보였다. 가련한 봅은 그 의자에 앉아서 잠시 생각에 잠겼다가 다시 차분해져서 조그마한 얼굴에 뽀뽀를 해주었다. 그는 이미 벌어진 일을 그냥 받아들이는 자세였고 제법 행복한 상태로 아래층으로 내려갔다.

그들은 불가에 모여 앉아 담소를 나눴다. 딸아이들과 어머니는 여전히 바느질을 계속했다. 봅은 스크루지 씨 조카가 엄청나게 친절하다는 얘기를 해줬는데, 이제껏 딱 한 번밖에 보지 못했던 사람이지만 그날 길거리에서 자기랑 마주쳐서 자기가 약간 좀, 봅의 표현대로라면 "좀 기가 죽은 표정"인 걸 보고서 무엇 때문에 상심했느냐고 물어보더란 것이었다.

"그분이 하는 말씨가 그렇게 다정할 수가 없더라고." 봅이 말했다. "그래서 내가 얘기를 해줬지. '저런, 얼마나 상심하셨어요, 크래칫 씨.' 또 '댁의 그 훌륭하신 부인도 몹시 맘이 아프시겠군요' 라고 하는 거야. 그런데, 그걸 그 양반이 어떻게 알았는지, 난 참 궁금하더구먼."

"무엇을 알았다고요, 여보?"

"아니, 당신이 훌륭한 부인이란 거 말이오."

봅이 대답했다.

"그건 누구나 다 알아요!"

피터가 말했다.

"아주 잘 파악했구나, 애야!" 밥이 큰 소리로 말했다. "다들 그걸 알고 있기를 나도 바라. '훌륭하신 부인도 몹시 맘이 아프시겠군요'라고 했어요. 그리고 '제가 혹시 무슨 도움이 될 일이 있으면' 이러면서 명함을 꺼내주면서, '여기가 내가 사는 곳이니, 언제든지 방문하시지요' 그러는데, 뭐 우리한테 뭘 해주길 바라서가 아니라 그렇게 다정하게 대해주니 정말 반갑더라고. 마치, 우리 꼬마 팀을 잘 아셨던 분처럼, 그래서 우리랑 한마음인 것처럼."

"아주 선하신 분임이 분명해요!"

크래칫 부인이 말했다.

"당신이 직접 그 사람을 보고 말을 나눴다면, 그 사람 인품에 대해 더 확신을 하게 될 거예요. 잘 들어요, 피터한테 더 나은 일자리를 얻어준다고 해도 나는 전혀 안 놀랄 거라고."

밥이 대답했다.

"그런 말만 들어도 좋구나, 피터."

크래칫 부인이 말했다.

"그러면 피터가." 여자 아이 중 하나가 소리쳤다. "누구랑 같이 지내며 독립하겠네!"

"무슨 헛소리 하고 있어!"

피터가 싱긋 웃으면서 반박했다.

"뭐 그런 일이 조만간 생기지 말라는 법도 없지." 밥이 말했다. "앞으로도 기회야 얼마든지 많이 있지만. 하지만 언제 어떻게 우리가 떨어져 지낸다고 해도, 우리 모두 가엾은 꼬마 팀을 잊지 말자고, 다들. 그게 우리 사이의 첫 이별이니까."

"절대로 잊지 않을 거예요, 아빠!"

모두 한목소리로 대답했다.

"그리고 난 알아." 봅이 말했다. "난 안다고, 얘들아. 비록 작은 꼬마였지만, 그 아이가 얼마나 참을성 있고 상냥한 아이였던지 회상한다면, 우리끼리 함부로 다투지 않을 거야. 꼬마 팀을 잊어버리지도 않을 거고."

"안 그래요, 절대로, 아빠!"

모두 다시 한목소리로 대답했다.

"난 아주 행복하다." 키 작은 봅이 말했다. "나는 매우 행복해!"

크래칫 부인이 남편에게 입을 맞추었고, 딸들이 아빠한테 뽀뽀했고, 두 어린 크래칫도 뽀뽀했고, 피터와 봅은 서로 악수했다. 꼬마 팀의 정령이여, 그대의 어린 영혼은 하느님에게서 왔구나!

"정령님." 스크루지가 말했다. "우리가 헤어질 순간이 임박한 것 같군요. 그렇다는 건 알겠는데, 어떻게 헤어지게 될지는 모르겠군요. 거기에 죽어서 누워 있던 그 사람이 누구인지 알려주시겠소?"

미래의 크리스마스 정령은 아직 그를 이전 방식대로 데리고—스크루지 생각에는 어떤 다른 시간대로 간 것처럼 보였고, 실제로 이들 마지막 환상들에는 오직 미래에 속했다는 것 외에는 어떤 질서가 없는 것 같았다—사업가들이 다니는 곳으로 갔으나 자신의 모습은 보여주지 않았다. 실제로 정령은 아무 데도 멈추지 않았고, 그가 원하던 대답을 보여주기 위해 곧장 지나쳐가는 것을 마침내 스크루지는 잠시 머물다 가자고 간청을 했다.

"지금 우리가 서둘러 지나가는 이 건물들은, 내가 평생 일했던 일터가 있던 곳이오. 저기 그 집이 보이는군요. 내가 미래에 어떻게 되어 있을지 보고 가게 해주시오!"

스크루지가 말했다.

정령은 멈춰 섰지만, 그의 손은 다른 쪽을 가리키고 있었다.

"집은 이쪽인데요." 스크루지가 소리쳤다. "왜 딴 데를 가리키시는 거요?"

냉혹한 손가락은 전혀 미동도 하지 않았다.

스크루지는 서둘러 자기 사무실 창가로 다가갔으나 문은 잠겨 있었다. 여전히 사무실이기는 했으나 자기 사무실은 아니었다. 가구도 같지 않았고 의자에 앉아 있는 사람도 자기가 아니었다. 정령은 계속 같은 방향을 가리키고 있었다.

그는 다시 정령과 합류했다. 무엇 때문에 그리고 어디로 가는 것인지 의아해하면서 따라가다가, 드디어 어떤 철제 대문 앞에 멈춰 섰다. 그는 주위를 둘러본 다음 들어갔다.

교회 뒤뜰 묘지였다. 그렇다면 여기구나. 이제야 이름을 알게 될 이 가련한 인간이 땅 밑에 누워 있었다. 아주 어울리는 곳이었다. 집들로 사방은 막혀 있고 풀과 잡초가 무성하게, 생명이 아니라 죽음의 식물들이 번성하고 있는 묘지를 보면, 너무도 매장을 많이 해서 목에 걸릴 정도로 실컷 식욕을 다 채우고도 또 채워야 하는 상태였다. 정말 어울리는 곳 아닌가!

정령은 무덤 곁에 서 있었고, 이 중 하나를 가리켰다. 스크루지는 벌벌 떨면서 그쪽으로 나아갔다. 정령은 처음이나 지금이나 똑같은 모습이었지만 그의 엄숙한 형체에서 뭔가 새로운 의미를 발견할 것이 두려웠던 것이다.

"당신이 가리키는 저 돌에 내가 가까이 다가가기 전에." 스크루지가 말했다. "한 가지 질문에만 대답해주시오. 이 그림자들은 꼭 일어날 일들의 모습인가요, 아니면 단지 일어날 수 있는 일들의 그림자일 뿐인가요?"

하지만 여전히 정령은 무덤만을 가리킬 뿐이었다.

"인간들의 삶의 여정은 계속 그대로 그 길을 따라 산다면 결국에는 예정된 지점에 도착하겠지요." 스크루지가 말했다. "하지만 만약 그런 길에서 떠난다면 도착점도 바뀔 것이오. 정령님이 나한테 보여주고 있는 바도 그런 것이라고 말해주시오!"

정령은 여전히 요지부동이었다.

스크루지는 정령이 가리키는 곳을 향해 내내 벌벌 떨면서 기어가듯 다가갔다. 그리고 손가락 방향을 따라 눈을 돌려서 버려진 무덤 묘비에 자신의 이름, 에브니저 스크루지가 새겨진 것을 읽었다.

"침대에 누워 있던 그 사람이 바로 나였다고요?"

그는 무릎을 꿇으며 소리쳤다.

손가락은 무덤에서 스크루지를 향했다가, 다시 무덤을 가리켰다.

"아니오. 정령님! 아니, 아니야, 아니라고!"

손가락은 여전히 같은 방향이었다.

"정령님!" 그는 상대방의 옷자락을 꽉 붙잡고 늘어지며 애원했다. "내 말을 들어봐요! 나는 예전의 내가 아니라고요. 저렇게 되지 않는다면, 나는 앞으로는 다른 사람이 될 것입니다. 내가 이미 가망이 없다면 왜 이걸 나에게 보여주는 건가요?"

처음으로 정령의 손이 흔들리는 것처럼 보였다.

"선하신 정령님." 그는 앞쪽 땅바닥에 쓰러져서 계속 말을 이었다. "당신의 성품이 내 중재자가 되어주고 나를 동정하시는군요. 내가 달라진 삶을 산다면, 정령님이 나한테 보여준 이 그림자들을, 아직은 바꿀 수 있다고 확언해주시오!"

그를 동정하는 손이 떨렸다.

"나는 크리스마스를 진심으로 존중할 것이고 매년 잘 지키겠소. 나는 나의 과거, 현재, 미래 모두 잊지 않고 살겠소. 세 정령님들이 모두 내 안에서 내가 힘쓰게 도와줄 것이오. 이들이 나한테 가르쳐준 교훈을 잊지 않겠소. 그러니 제발, 내가 이 돌에 적혀 있는 이름을 지워버릴 수 있다고 말해주시오!"

고뇌에 찬 스크루지는 정령의 손을 붙잡았다. 정령은 그의 손을 뿌리치려 했으나 그의 간청은 강렬했고 놔주지 않았다. 하지만 정령은 힘이 더 강했기에 그를 밀쳤다.

그는 두 손을 쳐들어 자신의 숙명을 바꿔 달라고 마지막으로 기원하는 동안, 환영의 후드와 옷이 변하는 게 보였다. 오므라들다가 푹 꺼지더니 홀쭉해져서 침대 기둥으로 변해버렸다.

이야기의 결말

The End of It

맞다! 그것은 바로 스크루지의 침대 기둥이었다. 침대도 자기 거였고 침실도 자기 방이었다. 무엇보다도 가장 행복한 것은, 앞으로 남은 시간도 자기 것이었고, 자신의 잘못을 고칠 시간이 아직 있다는 것이다!

"나는 과거, 현재, 미래 모두 잊지 않고 살겠소!"

스크루지는 침대에서 허둥지둥 내려오며 다시 반복했다.

"세 정령님 모두 내 안에서 내가 힘쓰게 도와줄 것이오. 아, 제이컵 말리! 하늘과 크리스마스 절기를 찬미할 일이구나! 이보시오, 제이컵, 내가 무릎 꿇고 맹세하오, 무릎 꿇고!"

그는 자신의 선한 뜻에 겨워 어찌나 훨훨 날아갈 기분이 들고 생기가 넘치는지 목이 잠겨 목소리가 제대로 나오지 않았다. 그는 마지막 정령과의 갈등 중에 격하게 흐느끼느라 얼굴이 눈물로 젖어 있었다.

"이것들을 안 치워갔구나." 스크루지는 침대 커튼 하나를 두 팔에 껴안으며 소리쳤다. "커튼 고리랑 모두 안 치워갔어. 다 여기 그대로야, 나도 여기 있고. 일어날 법한 일의 그림자들은 쫓아버릴 수 있다고. 쫓아버릴 거야. 난 그렇게 될 걸 알아!"

이러는 와중에 내내 그의 손은 옷을 입느라 분주했다. 뒤집어 입지를 않나 거꾸로 입지를 않나 찢지를 않나 잘못 입지를 않나, 온갖 난리법석을 다 피웠다.

"뭘 어떻게 해야 할지 모르겠네!"

웃다가 울면서 스크루지가 소리쳤다. 이때 양말을 잘못 신어서 완전히 라오콘 동상처럼 뒤틀어졌다.

"나는 깃털처럼 가볍고, 천사처럼 행복하고, 어린 학생처럼 즐겁구나. 술 취한 사람처럼 머리가 빙빙 돌고. 여러분 모두 메리 크리스마스! 다들 새해 복 많이 받으세요. 어이, 여기요! 안녕들 하시오!"

그는 거실로 뛰놀듯 달려가서, 완전히 바람이 들어간 상태로 이제 거기 서 있었다.

"저기, 죽 냄비가 그대로 있구나!"

스크루지는 소리치고 다시 뛰어다니며 벽난로를 한 바퀴 돌았다.

"저기, 제이컵 말리 정령이 들어왔던 문이군! 저기, 현재의 크리스마스 정령이 앉아 있던 구석! 저기, 방랑하는 혼령들을 봤던 창문!

다 그대로야, 다 진짜고, 다 일어났던 일들이야. 하하하!"

진짜로, 그토록 여러 해 동안 웃어본 적 없는 사람치고는 아주 근사한, 사뭇 빼어난 웃음이었다. 앞으로 계속될 멋들어진 웃음의 원조가 될 최초의 웃음!

"오늘이 며칠인지 모르겠는데!" 스크루지가 말했다. "내가 정령들과 얼마나 오랫동안 지냈는지 모르겠어. 아무것도 모르겠군. 완전히 어린아이 같아. 아무럼 어때. 그냥 어린아이처럼 살아도 좋지 뭐. 안녕! 야호! 안녕들 하시오!"

그의 희열은 교회에서 울리는 종소리에 제동이 걸렸는데, 이제껏 그토록 힘찬 종소리는 처음이었다. 쨍, 징, 꽝, 딩, 동, 딩, 동, 꽝, 징, 쨍! 참 훌륭하다, 훌륭해!

그는 달려가서 창문을 열고 머리를 밖으로 내밀었다. 뿌연 안개, 물안개도 모두 갰고, 맑고 밝고 기분 좋고 신나고 쌀쌀한 날씨구나, 쌀쌀하니 어서 나와 덩실덩실 춤으로 몸을 달구라고 하는구나, 황금 같은 태양, 천국 같은 하늘, 달콤하고 맑은 공기, 즐거운 종소리. 참 훌륭하다, 훌륭해!

"오늘이 무슨 날?"

스크루지가 아래쪽으로 지나가는, 교회정장 차림을 하고 아마 주위를 둘러보며 빈둥거리던 소년에게 소리쳤다.

"네?"

소년이 있는 대로 놀란 표정으로 대답했다.

"오늘이 무슨 날이지, 우리 멋진 친구?"

스크루지가 말했다.

"오늘요? 크리스마스잖아요."

소년이 대답했다.

"크리스마스 날이구나!" 스크루지가 혼잣말을 했다. "그럼 놓치지 않았구나. 정령들이 그걸 하룻밤에 다 한 거야. 자기들이 원하는 걸 뭐든지 할 수 있잖아. 물론 그럴 수 있고말고. 물론 그럴 수 있지. 어이, 우리 친구!"

"네?"

소년이 대답했다.

"너, 다음 길 지나, 그다음 길모퉁이에 있는 닭집 알지?"

스크루지가 물어봤다.

"아마 알 거 같은데요."

사내애가 대답했다.

"아주 똑똑한 아이구나!" 스크루지가 말했다. "아주 놀라운 아이야! 혹시 거기에 걸려 있던 특등급 칠면조고기 팔렸다니? 소자 특등급 고기 말고, 대자 말이야?"

"그거, 나만큼 큰 거 말이에요?"

소년이 대꾸했다.

"정말 재미있는 아이구나!" 스크루지가 말했다. "너랑 대화하는 게 즐겁구나. 그래, 우리 멋쟁이 친구!"

"거기 아직 걸려 있어요."

소년이 대답했다.

"그래?" 스크루지가 말했다. "가서 그걸 사 다오."

"메롱, 안 속아!"

소년이 외쳤다.

"아니, 아니야." 스크루지가 말했다. "농담이 아니야. 가서 그걸 사 다오. 그리고 이리로 가져오라고 해. 그러면 내가 그걸 어디로 가져가야 할지 가르쳐줄 테니. 그 사람을 데리고 와. 그러면 내가 1실링을 줄게. 5분 안에 그 사람을 데리고 오면 내가 반 크라운을 준다!"

소년은 총알같이 쌩 달려갔다. 누가 방아쇠에 손을 대고 있었다고 해도 그보다 더 빨리 총알을 쏠 수 없었을 정도로.

"그걸 밥 크래칫한테 보내야지!"

스크루지는 두 손을 비비며 또 히죽히죽 웃음을 섞어 중얼거렸다.

"그 친구가 누가 보낸 줄 모르게 말이야. 꼬마 팀 몸집보다 두 배는 되잖아. 조 밀러(대중적인 인기가 많았으나 문맹이었던 영국 코미디언―옮긴이)라도 그걸 밥에게 보내는 것 같은 농담을 해본 적이 없다고!"

주소를 적는 그의 손이 떨렸다. 아무튼 어떻게든 주소를 쓴 후, 아래층으로 내려가 길거리 쪽 문을 열고 닭집에서 올 사람을 기다렸다.

거기 서서 기다리는데, 고리쇠가 눈에 들어왔다.

"이걸 내가 사랑해줘야지, 내가 살아 있는 동안!"

스크루지가 손으로 고리쇠를 톡톡 쓰다듬으며 큰 소리로 말했다.

"내가 이제껏 이걸 쳐다본 적이 거의 없었는데. 아주 얼굴에 정직한 표정이 있구먼! 아주 멋진 고리쇠야! 어, 칠면조다! 여기요! 거기 안녕! 안녕하시오! 메리 크리스마스!"

진짜 칠면조가 왔구나! 저렇게 통통하니 제대로 서 있지도 못했을 거야. 실링왁스 막대처럼 단숨에 뚝 다리가 부러졌을 거라고.

"아니 그걸 캠든타운까지 걸어서 가져다줄 수는 없지." 스크루지가 말했다. "삯마차를 불러야겠소."

스크루지는 이 말을 하며 킥킥 웃었다. 또한 칠면조 값을 지불하면서는 킬킬 웃었고, 삯마차 값을 내며 훗훗 웃었고, 소년에게 심부름 값을 주며 히히 웃었고, 오직 의자에 다시 주저앉아서 눈물이 날 정도로 껄껄 웃어대는 소리만이 이보다 더 컸다.

그의 손은 계속 떨려서 면도가 쉽지 않았다. 면도란, 춤을 추며 하고 있지는 않더라도 신경은 거기 집중해야 할 일이다. 하지만 그는 자기 코끝을 싹둑 베어버렸다고 해도 반창고를 붙이면 그만일 정도로 기분이 좋았다.

스크루지는 '완전히 최고급으로' 옷을 차려입은 뒤, 마침내 거리로 나갔다. 이 무렵에는 그가 '현재의 크리스마스 정령'과 함께 봤던 풍경 그대로 사람들이 쏟아져 나오자, 스크루지는 뒷짐을 지고 걸어가며 모든 사람들을 반가운 미소를 지으며 바라보았다. 한마디로 그가 어찌나 억제할 수 없이 쾌활해 보였던지 성격 좋은 사람 서너 명이 스크루지에게 "안녕하세요! 메리 크리스마스입니다!"라는 인사를 안 할 수 없을 정도였다. 스크루지는 이제껏 그런 유쾌한 인사를 들었던 적이 없었다고, 나중에 줄곧 말하곤 했다.

얼마 가지 않아서, 그 전날 자기 사무실로 걸어 들어와서 "스크루지와 말리 합명회사죠?"라고 말했던 통통한 신사가 자기 쪽으로 다가오는 게 보였다. 그는 이 노신사가 자신을 만나면 어떤 눈길로 바라볼까 생각하니 속이 갑자기 거북해지긴 했으나, 그는 자기 앞에 어떤 길이 곧게 펼쳐져 있는지 알았기에, 그 길로 갔다.

"친애하는 선생님. 안녕하신가요? 어제 일이 잘되셨기를 바랍니다. 매우 친절하신 분이시던데. 메리 크리스마스입니다!"

스크루지가 발걸음을 재촉하며 다가가서 노신사의 두 손을 잡으며 말했다.

"스크루지 씨?"

"네." 스크루지가 말했다. "그게 제 이름이고 아마 선생께는 별로 반갑지 않은 이름이겠지요. 허락하신다면 제가 사과하겠습니다. 그리고 괜찮으시다면."

이 대목에서 스크루지는 그의 귀에 뭐라고 속삭였다.

"아, 주님!" 노신사가 마치 숨이 멎을 듯 소리를 질렀다. "친애하는 스크루지 선생, 그게 진심이십니까?"

"선생님이 괜찮으시다면요." 스크루지가 말했다. "단 한 푼 빼지 않고 전부입니다. 거기에 밀린 기부금이 상당수 한꺼번에 들어가 있는 셈일 테니까요, 분명히. 그럼 그렇게 해주시겠습니까?"

"친애하는 선생님. 뭐라고 말씀을 드려야 할지, 이렇게 큰……."

상대방도 잡은 손을 흔들면서 말했다.

"아무 말씀도 하지 마십시오." 스크루지가 대꾸했다. "저를 보러 오시지요. 저를 보러 오실 거죠?"

"그러죠!"

노신사가 큰 소리로 대답했다. 그리고 분명히 그는 그렇게 할 것 같았다.

"고맙소." 스크루지가 말했다. "덕분에 큰 은혜를 입었습니다. 수십 번 넘게 감사, 또 감사합니다. 복 많이 받으시길!"

그는 교회에 갔다가, 그러고는 길거리를 돌아다녔고 사람들이 서둘러 오고가는 모습을 구경했고 아이들 머리를 쓰다듬어줬고 걸인들에게 말을 걸었고 집집마다 부엌을 들여다보거나 창문을 올려다보면서, 모든 것이 기쁨을 줄 수 있다는 것을 발견했다.

스크루지는 산책이, 아니 그 무엇이 이렇듯 행복을 가져다줄 수 있다고는 꿈에서도 생각해본 적이 없었다. 오후가 되자 그는 조카네 집 쪽으로 발걸음을 돌렸다.

조카네 집 앞에서 그는 노크할 용기가 나지 않아서 열 번도 넘게 문 앞을 스쳐 지나갔다. 그러나 그는 마침내 결심하고 노크를 했다.

"주인장 집에 계시니, 애야?"

스크루지가 여자아이에게 말했다. 아주 착한 아이구나! 아주.

"네."

"지금 어디 계시다니, 우리 예쁜이?"

스크루지가 말했다.

"지금 식당에 계셔요, 주인 마님과 같이요. 원하시면 위층으로 안내해 드릴까요?"

"고맙지만 괜찮단다. 날 아시니까, 내가 들어갈게, 애야."

스크루지가 이미 한 손으로 식당 문손잡이를 잡고서 말했다.

그는 문손잡이를 살며시 돌려 열고서 얼굴을 비스듬히 문 안으로 집어넣었다. 다들 (아주 번듯하게 잔칫상을 차려놓은) 식탁을 바라보고 있었으니, 젊은 주부들이란 늘 그런 쪽으로 신경을 많이 쓰고, 모든 게 제대로 해놓은 것으로 보이도록 하고 싶어하는 법이다.

"프레드!"

스크루지가 말했다.

세상에, 백 번 감수할 정도로, 조카며느리가 어찌나 깜짝 놀라는지! 스크루지는 그녀가 구석 발판 위에 앉아 있다는 것을 잊었기에 망정이지, 아니면 절대로 그렇게 놀라게 하지 않았을 것이다.

"에, 이런 세상에! 이게 누구세요?"

프레드가 소리 질렀다.

"날세. 스크루지 삼촌. 같이 식사하러 왔어. 들어가도 되겠나, 프
레드?"

들어가도 되겠느냐니! 어찌나 악수를 심하게 해대는지 삼촌 팔
이 떨어져 나가지 않은 게 다행이었다. 그는 5분도 안 돼서 분위기에
젖었다. 그보다 더 진심일 수 없을 정도로. 조카며느리도 똑같은 모
습이었다. 토퍼도 그가 왔을 때 보니 꼭 그대로였다. 통통한 처제도
왔을 때 보니 꼭 그대로였다. 모두 왔을 때 보니 꼭 그대로였다. 아주
훌륭한 파티, 훌륭한 놀이, 훌륭하게 단합된 모습, 진짜 훌륭하게 행
복한 모습!

그는 다음 날 아침 일찍 사무실에 나갔다. 그렇다, 아주 일찍. 그
가 먼저 도착해서 어떻게 해서든 봅 크래칫이 지각하는 걸 잡아낼
수만 있다면! 그게 바로 그가 노리던 바였다.

그런데 바로 그렇게 됐다. 그래, 딱 그렇게 됐어! 시계가 9시를 쳤
다. 봅은 아직 안 옴. 15분 경과. 봅은 아직 안 옴. 그는 출근 시간보
다 무려 18분하고 30초나 지각했다. 스크루지는 그가 물통 같은 방
안으로 들어오는 꼴을 보기 위해, 문을 활짝 열어놓고 앉아 있었다.

봅은 문을 열기 전에 모자를 벗고 있었고 목도리도 마찬가지였
다. 그는 잽싸게 자기 자리에 앉아서 9시를 따라잡으려는 듯 펜대를
분주히 움직였다.

"이보게!"

스크루지가 짐짓 꾸밀 수 있을 만큼 꾸며서, 평소의 익숙한 목소리로 퉁명스럽게 불렀다.

"지금 이 시간에 여기에 나타나다니, 어쩌자는 건가?"

"매우 죄송합니다, 사장님." 봅이 말했다. "제가 늦기는 좀 늦었군요."

"늦었다고?" 스크루지가 말을 받았다. "그래, 늦은 것 같구먼. 이리 안쪽으로 좀 들어오시지그래."

"그저 1년에 딱 한 번인데요, 사장님." 봅이 물통에서 나오면서 변명조로 말했다. "다시는 이런 일이 없을 것입니다. 어제 좀 즐기다 보니 그렇게 됐습니다."

"내 말 잘 듣게, 이 친구야." 스크루지가 말했다. "나는 이런 식의 일은 더 이상 봐주지 않을 참이네. 그러니 따라서."

그는 말을 이으며 자리에서 확 일어서더니 봅의 조끼 쪽을 어찌나 세게 푹 찔렀던지 그는 다시 물통 안으로 주춤주춤 뒷걸음을 쳤다.

"그러니, 따라서 나는 자네의 봉급을 올려줄 참이네!"

봅은 벌벌 떨면서 자가 놓인 쪽으로 좀더 가까이 다가갔다. 봅은 자를 들어 스크루지를 친 다음, 그를 붙잡고, 건물 주변 사람 모두에게, 여기 미친 사람 있으니 구속복을 가져오라고 소리쳐야겠다는 생각이 일순간 머릿속을 스쳐 지나갔다.

"메리 크리스마스일세, 봅!"

스크루지가 그의 등을 툭툭 치면서 정말로 진지하게 말했다.

"여러 해 동안 내가 자네한테 했던 인사보다 더 즐거운 메리 크리스마스일세, 이 친구야! 내가 자네 봉급을 올려주고 자네의 어려운 살림도 도와주려고 노력할 참일세. 그러니 오늘 오후에 김이 모락모락 나는 주교님 크리스마스 칵테일이나 같이하면서 자네 사정에 대해 애기를 좀 나누자고, 봅! 어서 불을 더 지펴. 그리고 기역자 하나 더 적기 전에 어서 가서 석탄 한 통 더 사 오게, 봅 크래칫!"

스크루지는 자기가 약속한 것보다 더 많은 것을 행했다. 그는 이 모든 것을 했고, 그보다 훨씬 더 많이 했으며, 꼬마 팀은 안 죽고 살아 있었기에 스크루지가 이 아이의 제2의 아버지가 되어주었다. 그는 이 친숙한 도시, 아니 이 친숙한 세상의 그 어떤 다른 도시, 지방도시, 자치도시의 그 어떤 사람보다도 좋은 벗이자 좋은 사장님이자 좋은 사람이 되었다. 어떤 이들은 그가 그렇게 변한 걸 두고 비웃기도 했으나, 그는 별로 개의치 않았다. 그는 이 지구상에서 무엇이든지 좋은 일이 벌어지면 처음에는 누군가 늘 그걸 실컷 비웃는 사람들이 있다는 것을 현명하게도 알고 있었기 때문이다. 그리고 이런 자들은 어차피 눈이 먼 사람들이기에 이들이 비웃는 눈웃음 때문에 눈을 찡그리는 쪽이 질병 때문에 좀더 보기 흉한 모습보다는 낫다고 생각했다. 그는 가슴속으로 껄껄 웃어넘겼고, 그것만으로도 충분했다.

그는 더 이상 정령들과 교류하지 않았을뿐더러 이후로는 그런 이상한 경험에 대해서는 완전금주 원칙으로 지냈다. 그래도 늘 그에

관해 말할 때는 살아 있는 사람 중에서는 아마도 크리스마스를 가장 잘 보낼 줄 아는 사람이라고들 평했다. 이런 말이 우리한테도, 우리 모두한테도 진실로 해당하기를! 그래서 꼬마 팀이 말했듯이, 하느님이 우리 모두를 하나같이 축복하시기를!

크리스마스 캐럴

지은이 ｜ 찰스 디킨스
옮긴이 ｜ 윤혜준
펴낸이 ｜ 양숙진

초판 1쇄 펴낸날 ｜ 2011년 12월 30일

펴낸곳 ｜ ㈜현대문학
등록번호 ｜ 제1-452호
주소 ｜ 137-905 서울시 서초구 잠원동 41-10
전화 ｜ 2017-0280
팩스 ｜ 516-5433
홈페이지 www.hdmh.co.kr

ISBN 978-89-7275-572-2 04840
ISBN 978-89-7275-563-0 (세트)

* 책값은 뒤표지에 있습니다.